Ça fera des souvenirs

Du même auteur

Le Lion dans la cage, Michalon, 2017.

Baaah les masques, avec Bérengère Staron, Nathan, 2023.
La Forêt infinie, avec Gérard Garouste, Éd. Centre Pompidou, 2022.
Les Buttes Chaumonstres, avec Béatrice Menuel, L'Agrume, 2020.

9, rue de l'École-Polytechnique – 75005 Paris
www.michalon.fr
ISBN : 978-2-347-00251-0

Noé Margolis

Ça fera des souvenirs

Roman

Michalon Éditeur

« J'ai le sentiment que quelque chose s'est produit qui a détruit certains personnages, et qu'un seul reste en vie pour pouvoir raconter l'histoire. »

John Irving

Vous allez lire ce livre, et vous aurez des images. Vous allez imaginer des lieux, des gens. Vous allez assister à des scènes, à des événements. Peut-être allez-vous faire appel à votre mémoire pour visualiser des paysages mentionnés que vous connaissez déjà. Un personnage vous fera sûrement penser à une connaissance, alors c'est le visage de cette personne qui apparaîtra dans votre perception du récit. Seuls quelques détails changeront : un accessoire, une coiffure, le son de sa voix. Cette succession d'images va imprégner votre rétine, votre cerveau, votre être. Ces représentations iront s'installer à côté de ce que vous aurez vécu, de ce que vous aurez rêvé, imaginé, elles s'installeront avec vos souvenirs.

Rappelez-vous : vous lisiez un livre, à 8 ans, pendant les grandes vacances. Une éternité, les grandes vacances. Vous étiez dans une chambre fraîche aux volets fermés. La lumière aveuglante filtrait juste à travers les interstices du bois. Vous étiez à plat ventre sur un lit d'un autre siècle, tandis que les adultes en étaient au café, dehors. Les rires, les discussions, les « oooohhh » amusés suivis d'éclats de rire, les variations de voix sont allées s'installer dans cette partie de vous appelée « mémoire », dans laquelle attendaient déjà le lit de l'autre siècle, les photos de famille épinglées sur le liège, Fantômette, le Club des Cinq, les Six Compagnons en quête d'aventures, D'Artagnan, Athos, Portos et Aramis.

Plus tard, vous vous rappelez les rires des adultes à l'heure du café, ils ont les trois mousquetaires à leur table. Le paysage de Provence de cette maison de vacances s'est, dans votre mémoire, associé au palais du roi. Vous êtes persuadé d'être parti en vacances là où s'élève Versailles. Lors d'un contrôle d'Histoire, vous placez Versailles dans le Var, le prof se moque de vous, la classe éclate de rire. Vous ne comprenez pas : vous étiez tellement sûr ! Vous y étiez !

Vous lisez ces lignes, peut-être êtes-vous assis à la terrasse d'un café. Vous levez les yeux. Vous repensez au Paradis perdu des premières lectures, quand le temps s'écoulait à l'infini. Il y a un peu de vent dehors. La cime des arbres se balance. Ce mouvement de cime vous projette il y a cinq ans, lorsque vous marchiez le long d'un chemin maritime, c'est le même que lorsque vous étiez en randonnée et avez fait cette sieste dans une clairière, les jambes chargées de crampes, avant de repartir. Il vous replonge lorsque vous étiez allongé à côté de cette personne que vous rêviez d'embrasser, à l'adolescence. Vous regardiez le ciel et elle avait mis un de ses écouteurs sur vos oreilles pour partager avec vous *Stairway to Heaven* de Led Zeppelin. La B.O. de votre vie, le mouvement des arbres, un livre à la main, l'odeur du papier imprimé, le goût d'un baiser mêlé à la cigarette et au Hollywood Chewing Gum parfum chlorophylle, l'odeur de ses cheveux. Le mouvement des cimes se rattachera pour toujours à ses lèvres, aux nuages que vous regardiez et à cette chanson dont les paroles vous échappaient mais qui semblait vous dire : quand le temps s'arrête, tout est possible.

Alors ce n'est pas seulement l'histoire de ce livre que vous découvrez. C'est votre propre histoire. Vous nagez dans le temps, vous replongez en vous-même pour vous rappeler ce qui a eu lieu, ce qui n'a pas eu lieu, ce qui aurait pu avoir lieu. Ce dont vous avez rêvé ou ce que vous n'auriez pas même imaginé.

Mettons que vous êtes dans les jardins du Palais-Royal à Paris, sur une de ces chaises en métal vert olive, les vraies, pas celles reproduites en plus cheap dans des magasins de déco. Vous avez demandé à quelqu'un si cette chaise était prise, il a bafouillé que non, non, allez-y, puis vous avez traîné la chaise jusqu'à un coin plus calme et au soleil – le moindre rayon est bon à prendre –, les pieds de la chaise ont crissé sur les gravillons du parc, laissé un sillon. Vous vous êtes assis, avez sorti le livre de votre sac, l'avez posé sur vos genoux. Comme une rencontre : est-ce que ça va être bien ? Où vais-je aller ? Combien de temps va-t-il m'accompagner ? Qu'est-ce que ça va m'apprendre ? À qui vais-je en parler ?

Et puis, à la lecture de ces lignes vous parviendront des images. Ces images, ces sensations, vont accompagner celles des jardins du Palais-Royal. Le soleil qui cogne, les pas des passants sur ce gravier qui agite la poussière et fait ce petit bruit âpre, les arbres, les bâtiments qui entourent le jardin et leur histoire. À tout cela se mêlera l'univers du livre que vous lisez. À tout cela se mêlera le morceau de musique du moment ou celui que vous écoutez à cette période.

Mettons que vous êtes dans un train, vous lisez ces lignes. Le soleil chauffe malgré la clim qui vous glace le bras. Vous recouvrez les buses d'aération de tout ce que vous avez sous la main : un châle, votre veste, votre sac, votre pull. Mais ça glisse, ça ne tient pas, ça vous agace, l'air trop froid se faufile toujours. Le soleil vous aveugle. Vous n'osez pas baisser le store, car ça dérangerait peut-être votre voisin de devant qui partage la même fenêtre et qui dort. Vous vous installez tant bien que mal, ayant tout juste baissé le store pour que le soleil ne réfléchisse pas sur le papier blanc du livre, et vous voilà de nouveau aux jardins du Palais-Royal. Vous êtes dans le TGV et dans les jardins du Palais-Royal.

Maintenant, vous pouvez aussi être au chaud sous la couette à côté de votre conjoint endormi. « Tu éteins bientôt ? » Il tire un peu la couette, vous vous retournez. Le son des voisins dans la cour vous parvient, un dîner joyeux, ils rient. Ont-ils invité les Trois Mousquetaires, eux aussi ? Vous revient instantanément ce moment en vacances où vous dévoriez les Bibliothèques rose et verte alors que le soleil cognait dehors. Vous êtes dans les jardins du Palais-Royal, dans le TGV, dans votre lit et dans la chambre de la maison de vacances sur ce lit d'antan.

Tout cela vient teinter la lecture de ce livre que vous tenez entre vos mains, qui sent le neuf ou l'odeur de la personne qui vous l'a prêté, qui sent peut-être le plastique de la bibliothèque ou, sait-on jamais, l'ancien, le papier d'une autre époque. Peut-être certaines pages sont-elles cornées, annotées... Peut-être sont-elles imprégnées de la perception d'un précédent lecteur. Sa lecture se mêlera alors à la vôtre.

Tout cela, et tout ce de quoi vous êtes fait, se mêlent maintenant au décor de notre histoire.

Notre histoire. Car à partir du moment où vous avez ouvert ce livre et commencé à en déchiffrer les premières lignes, nous sommes liés. Nous créons un dialogue dans une zone imperceptible. Vous me lisez, et je sais que quelqu'un me lit. Nous nous questionnons mutuellement quelque part. Nous partageons nos imaginaires. Nous nous rencontrons dans un espace indéfini et infini dans lequel se croisent d'autres lecteurs, d'autres lectrices, d'autres auteurs et autrices, mais aussi des choses qui n'ont rien à faire là, mais qui font partie de chacun et que nous trimballons malgré tout. Nous voyageons donc ensemble dans ce pays du réel et de l'imaginaire, du ressenti et du projeté, du ce qui a été, ce qui est et ce qui pourrait, ou qui sera. Un lieu de toutes les interprétations et de tous les possibles. Vous imaginez les personnages de cette histoire, vous m'imaginez et je vous imagine.

Alain
L'adolescence

« À une époque où l'Histoire cheminait encore lentement, ses événements peu nombreux s'inscrivaient aisément dans la mémoire et tissaient une toile de fond connue de tous devant laquelle la vie privée déroulait le spectacle captivant de ses aventures. Aujourd'hui, le temps avance à grands pas. »

Milan Kundera, *Le Livre du rire et de l'oubli*

Petit Darry

Le cimetière du Père-Lachaise, à Paris.

Un rayon de soleil. Il y a toujours une éclaircie aux enterrements.

Une foule, amassée devant l'entrée du crématorium. Des silhouettes de couleur sombre. Même en noir, personne ne s'habille de la même façon. C'est à se demander de quoi le vêtement s'imprègne pour qu'il en émane quelque chose de différent selon son propriétaire.

Darius se faufile entre les silhouettes en tentant de ne pas déranger. Il glisse parmi ces gens qui semblent tous se connaître et, surtout, mieux connaître le défunt que lui. Pourtant, Alain était comme son parrain. Mais il n'aura pas eu le temps de le lui dire.

Et puis, une voix : « Ah, le petit Darry. Salut, mon petit Darry. » À 17 ans, du haut de son mètre quatre-vingt-deux, il est toujours *le petit Darry*. Qu'est-ce que ça l'énerve ! Quand on est en pleine croissance, c'est insupportable d'être qualifié de petit. Pour tous les amis de la génération de ses parents, et surtout Gilbert qui vient de l'interpeller, il est *le petit Darry*. Ce surnom vient d'Alain lui-même qui le comparait à Darry Cowl. C'est vrai qu'avec ses cheveux noirs bouclés qui lui tombent sur le front, ses lunettes et un sourire qui lui mange le visage, il y a quelque chose. Alain avait certainement vu en lui un potentiel semblable à celui de Darry Cowl. Était-ce parce que, petit, il amusait la galerie en faisant des cascades à tout-va, des gags et des farces ?

Avec la légèreté d'un funambule, Darius circule entre les gens, il cherche ses parents. Les voilà, deux silhouettes familières en haut des marches qui discutent avec un couple qui va très certainement l'appeler *Petit Darry* à son tour. Darius a repéré des têtes connues desquelles émane un parfum d'enfance, de son enfance à lui. Les parfums lourds, enrobants, Yves Saint-Laurent, Guerlain, Nina Ricci, les mêmes traits un peu plus marqués, les cheveux plus gris ou plus teints, c'est comme si l'on projetait des flashs du passé, là, au beau milieu du cimetière. Darius courant avec d'autres enfants de son âge vers une rivière, Darius et son frère se servant sur le buffet d'une fête d'amis des parents, des adultes éméchés qui dansent pendant qu'il s'endort dans un coin, des silhouettes qui se penchent sur lui. « Comme tu as grandi ! Tu dépasseras ton père. » Et son père de répondre « par la taille seulement », et les adultes de rire, et Darius, convaincu dès lors qu'il ne dépassera jamais son père.

Tandis qu'il se glisse parmi ces instantanés stroboscopiques de son enfance, Darius croise des regards, certains sont familiers. Un temps en suspens : on se connaît, mais on détourne les yeux. Darius sait qui sont certaines personnes mais ne les identifie jamais quand il faut. « Tu ne me reconnais pas ? Je t'ai connu, tu étais haut comme ça. » Et la personne de faire un geste à la hauteur la plus basse possible.

Darius se demande qui, parmi tous ces gens, sait qu'il connaissait Alain depuis sa naissance et ce qu'ils ont vécu ensemble jusqu'à ce que la maladie l'emporte. Personne ne soupçonne vraiment ce qu'il a partagé avec Alain. Personne ne sait à quel point Alain a compté pour lui, dès son enfance, et plus que jamais maintenant, à son adolescence. Même s'il est mort.

« Alors, Darry, ce bac, ça se prépare ? » lance Gilbert, dont le ton bonhomme détonne avec l'événement. Il le fixe de ses yeux perçants au fond desquels Darius lit l'immense tristesse que Gilbert voudrait cacher par son intonation. « Dernière ligne droite, hein ! Tu vas faire quoi comme études ? » Ils n'ont pas encore pris place dans la salle du crématorium, les hommages au défunt n'ont même pas commencé que Darius est déjà rattrapé par la question qui le poursuit depuis toujours, même s'il n'a que 17 ans : que fait-il de sa vie ?

Les adultes passent leur temps à lui demander ce qu'il projette : que feras-tu quand tu seras grand, petit Darry ? Quelles options choisis-tu au lycée ? Quelles études vas-tu faire l'année prochaine ? Pour Darius, c'est comme si on lui demandait sans cesse : qui projettes-tu d'être ? Qui vas-tu devenir ? Vas-tu être un grand homme ? Et par extension : que retiendra-t-on de toi ? Quelles traces vas-tu laisser ? Et le raccourci s'impose naturellement : que racontera-t-on à ton enterrement ?

Les dieux de l'Olympe

Alain, ami d'enfance du père de Darius. Proche parmi les proches. Alain, qui l'a emmené en vacances dans sa maison à Cassis des dizaines de fois depuis son enfance. Darius se souvient d'un tas de choses. Les tommettes fraîches, les poutres, le salon tout en long, la baie vitrée qui donne sur un jardin en espaliers. Le canapé en velours ocre, son odeur caractéristique. Il trouve que ce canapé sent la pistache et la Suze, comme un vieux placard. Le vieux placard, justement, dans lequel on range le sucre, le café, le sel… Toujours un peu humides. Ce placard qui incarne à lui seul la présence de la mère d'Alain.

Bien qu'elle fût morte depuis longtemps, Alain continuait d'y stocker les choses comme elle le faisait. En haut, dans une boîte en métal un peu rouillée, le sucre en morceaux, des petits-beurre dans une boîte

Lu, le café, le sel, les pâtes, le riz, la semoule, dans des bocaux, « sinon, c'est l'invasion des fourmis ! » C'était comme si, la nuit, en fantôme, la maman d'Alain venait alimenter en secret les placards pour s'assurer que son fils ne manque de rien. Les lits de la maison de Cassis, en bois vernis, des lits d'un autre siècle, des lits qui sont toujours là. Des traversins, des couvertures de laine rose qui gratte. Des draps pâles aux motifs effacés. Des dessus-de-lit côtelés aux couleurs passées par le soleil.

Darius se souvient. C'est l'été de ses 15 ans. Un mois à Cassis, avec son « parrain », Alain. C'est long, un mois.

Cet été, il découvre tout.

Une chaleur écrasante. La température est la même à l'intérieur qu'à l'extérieur de soi. Le contact avec ce qui nous entoure est transformé, la frontière poreuse, inexistante. Le dedans et le dehors se mêlent, les corps se mélangent plus facilement, parce qu'il y a moins à franchir.

Sa mère l'a convaincu de se couper les cheveux pour ne pas souffrir de la chaleur. Il regrette. Il ressemble à un mouton. Il ne comprend pas son visage. Pourquoi a-t-il ce visage-là ? Darry Cowl ? Vraiment ?

À 15 ans, il a l'impression d'être l'objet des dieux. Les émotions, les sentiments et certaines sensations physiques semblent lui tomber dessus sans raison. Sans aucun événement déclencheur, le voilà soudain en proie à un grand tourment, à une immense tristesse ou bien à une agitation indomptable. Il se sent l'objet de quelque expérience divine qu'il apparente à la mythologie grecque. Athéna et Apollon se seraient chamaillés et il serait le réceptacle de leur désaccord. « Si tu n'obéis pas, menace Apollon, je fais faire à cet humain quelque chose de totalement destructeur. » Et Athéna de répondre qu'elle le protège en lui donnant une qualité de plus : le sourire le plus charmant qui soit.

« Très bien, surenchérit Apollon, eh bien, moi, je lui colle des troubles du sommeil ! »

Et la dispute secoue Darius dans tous les sens, entre insomnies et réveils à midi, entre charme absolu et expression totalement niaise.

« Tiens, dirait un Dieu de l'Olympe, il marche le long des rochers, faisons arriver cette jeune fille. »

Adulte, il marchera le long de ces mêmes rochers et il ne croisera personne. Tout juste quelques promeneurs qu'il saluera d'un mouvement de tête.

Mais cet été-là, à 15 ans, les paris sont lancés. « On envoie Judith ! » lance Athéna. « Ah oui ? lui répond Apollon. Très bien… » Apollon rumine un plan diabolique. « Dans ce cas, je lui balancerai… Samuel. »

Darius aperçoit d'abord sa silhouette à contre-jour, une apparition dans la lumière aveuglante du soleil, comme si elle en sortait en l'ayant fendu. Elle descend les rochers d'un pas assuré. Elle porte des sandales, un short et un haut de maillot de bain. Sa silhouette est longue, longue, si longue, elle l'impressionne tout de suite. Une moue triste et concentrée permanente sur le visage. Un sérieux qui disparaît aussitôt qu'elle rit. Un éclat de rire et ses yeux deviennent malicieux, ses cheveux flamboient. C'est Judith. Judith envoyée par les dieux pour tourmenter notre héros.

Le passage est étroit, on ne peut se croiser sans se frôler. Les deux adolescents s'avisent d'un regard, échangent un salut dont le ton trop assuré révèle la timidité. La discussion, tout de suite. Les banalités d'usage sur le temps du séjour, d'où l'on vient, chez qui l'on est. Autant de questions pour déceler des informations sur si ça sera possible ou pas. Puis, sur ce qui sera possible. Un baiser, une première fois, un grand amour ? Est-ce que c'est là, ça y est, c'est pour maintenant ? Ont-ils les mêmes goûts musicaux, littéraires, cinématographiques ? Intérieurement, Darius prie pour que oui. Il n'envisage pas une histoire, même de vacances, avec une fille qui ne partage pas ses centres d'intérêt. Si les dieux de l'Olympe existent pour le tourmenter, ils existent bien aussi pour exaucer ses prières. La preuve, Judith aime ce qu'il aime, Steinbeck, Sepúlveda, Pink Floyd et les Who. Elle a manqué une partie de sa scolarité à cause d'une hospitalisation. En écartant un peu son maillot de bain, elle dévoile une immense cicatrice qui court le long de son torse, entre ses seins. Darius est troublé. Elle croit qu'il est rebuté et dit : « Personne ne voudra jamais me toucher ici. » Darius veut bien. Il ne sait pas comment lui dire, il lâche un « bah si, tout le monde ! », elle éclate de rire, ses cheveux prennent une teinte cuivrée, c'est comme si l'éclat de son rire appelait celui de la lumière. Il demande s'il peut. Oui. Il met sa main, le baiser suit avec une évidence déconcertante. Et sous ce soleil aveuglant, Darius est plongé dans un noir dense et puissant, comme celui des costumes aux enterrements.

Le lendemain, ils se retrouvent sur les mêmes rochers. Leur lien se renforce. Elle lui parle de sa blessure. Petite, elle était tombée d'un manège. Elle s'était levée pour attraper le pompon, avait glissé et chuté sur le rebord métallique qui lui avait ouvert le torse. La stupeur, le manège qui continue de tourner malgré les cris et la musique tapageuse, la douleur, le sang. Une femme qui la soulève, un manteau qui agit comme une compresse sur son thorax, la douleur encore plus forte, les pompiers, la nounou en larmes, ses parents à l'hôpital, « ce n'est pas ta faute ». Elle n'a jamais compris s'ils s'adressaient à elle ou à la nounou.

Ça aurait pu être pire, les poumons n'ont pas été touchés, ni la gorge. Pas d'artère coupée. Juste une cicatrice qui rétrécirait au fur et à mesure que Judith, elle, grandirait.

Les rochers brûlants sur lesquels ils s'enlacent après un bain de mer, l'eau qui s'en évapore en quelques minutes. Leurs discussions infinies sur des sujets d'une importance capitale, urgente : comment transformer le monde, quelle musique écouter, où voyager, croire en quelque chose ou non, la religion, les expériences, les lectures, les souvenirs à partager, les ex, combien, si on l'a déjà fait ou pas. La chanson *Zombie*, des Cranberries, qui passe partout : dans le moindre bar ou restaurant, dans les supermarchés, à la radio, dans leur Walkman, comme un appel à ressentir encore et encore plus fort. Comme une invitation à ne vivre uniquement que serrés l'un contre l'autre, dans l'alternance du blanc éclatant du soleil sur la roche et du noir profond des yeux fermés de leurs baisers, où des taches lumineuses évoquent les couleurs de leur amour qu'ils veulent infini.

Et puis, Apollon met son plan à exécution. Il envoie Samuel.

Samuel, plus âgé. Les cheveux blondis par le soleil. Il a un Walkman autoreverse, une prise double casque et des cassettes pirates achetées en Angleterre. Il vient ici tous les ans. Il connaît des endroits. Il peut leur montrer s'ils veulent. Une grotte à laquelle on n'accède qu'après avoir nagé quelques secondes en apnée. Un rocher d'où plonger. La plage sympa, qui, en plus, se trouve sur le chemin entre sa maison et celle de Judith. Il lui montrera en la raccompagnant. Voilà maintenant qu'ils partagent leurs discussions à trois. De ses 18 ans, Samuel sait plus de choses, il affirme, il a des arguments. Et puis il l'a déjà fait, lui.

Darius sait. Elle a beau lui dire qu'après son départ, non, non pas du tout, il sait qu'elle sortira avec Samuel et que l'histoire sera plus longue. Il sait que c'est Samuel qui aura sa première fois à elle. Ils habitent tous les deux Bordeaux, comme par hasard.

Pourquoi le destin s'acharne-t-il ? se lamente Darius en écoutant les Pink Floyd, effondré sur le canapé ocre de la maison de Cassis. À quoi ça sert de vivre tout ça pour que ça disparaisse en un éclair ? « C'est pas grave, le console Alain. Ça te fera des souvenirs. »

Alain dit toujours ça. « Ça fera des souvenirs. »

Les adultes ont toujours des phrases types. Son père dit sans arrêt « moi à ton âge », Alain, « ça fera des souvenirs ». Pour lui, une expérience, qu'elle soit bonne ou mauvaise fera des souvenirs. Comme si vivre le moindre événement servait à accumuler des souvenirs dans une banque de souvenirs.

Darius est assis sur le canapé ocre de la maison de Cassis, Alain sort un autre disque de sa pochette et enclenche *Maggot Brain*. « Écoute ce son de guitare ! » invoque-t-il. Pour Darius, ce morceau de Funkadelic sera à jamais associé au souvenir de Judith qui s'évapore dans l'inassouvi. La douleur de réserver à un autre ce qui aurait dû lui arriver à lui. Ça aurait pu, mais ça n'a pas. Cet été aurait pu être celui de sa Première Fois. Mais ça lui fera juste des souvenirs. Alors, il pourra raconter qu'il est, un jour, passé à côté de sa première fois.

Interstices

Darius suit ses parents et les gens qui entrent en file indienne dans la salle du crématorium du Père-Lachaise.

Où s'asseoir? Ni trop près, ni trop loin. Ne surtout pas prendre la place d'un autre, ne surtout pas offusquer quelqu'un qui estime devoir s'asseoir « parmi les proches ». Il y a une bonne place à trouver totalement stressante dans ce genre de situation, une sorte de règle de bienséance. Chacun s'assoit là où il peut pour bien faire. Ses parents semblent obsédés par ce que pourraient penser les convives. Comme si deux cents paires d'yeux étaient rivées sur eux, là, sous cette voûte de mosaïque céleste, et les invectivaient: « Vous avez choisi cette place? Comment osez-vous? » Debout, Darius et ses parents hésitent puis s'assoient maladroitement au milieu, sur un banc.

Ni avec les inconnus, ni avec les très proches. Darius a l'impression de glisser dans une faille. Il voudrait protester : Alain était presque son parrain ! Assis, là, c'est comme s'il n'existait pas. C'est comme s'il n'avait jamais existé.

Dans cet interstice de l'existence, l'émotion monte. Elle écrase son plexus, elle surchauffe son visage. Mais enfin, Alain était comme son parrain ! C'est Alain qui lui a fait découvrir la tartine de camembert trempée dans le chocolat chaud le matin, dans la maison de Cassis. C'est Alain, le premier adulte avec qui il a fumé une cigarette. C'est avec Alain qu'il est parti en « rando » dans les montagnes. Ils se sont fait surprendre par l'orage. Il voulait rentrer et Alain lui a sommé de ne pas bouger. Ils sont restés à l'abri dans une grotte. Ils ont joué aux hommes des cavernes et inventé leur propre langage. Et les *Lui* et les *Playboy* des années 70 sur lesquels il est tombé chez Alain ! Ses premiers émois. C'est pas rien, ça ! Pourquoi rester dans un interstice quand on a partagé tant de choses ? Est-ce que c'est ça, la trame de sa vie : les interstices ?

« Darius, coucou. » Il lève les yeux, devant lui vient de s'asseoir Charline. Une bise. Elle sent bon. Charline, la femme de Gilbert, celui qui l'appellera toujours *Petit Darry*. Quand on voit Charline, on comprend que Gilbert ne voie pas le temps passer. Charline à la beauté intemporelle. Charline, qui porte toujours une attention précise et particulière à chacun. Elle, au moins, l'appelle Darius. D'ailleurs, Darius sait que Charline a été la maîtresse d'Alain quelque temps. Alain le lui avait confié quand il avait 13 ans. Charline avait passé quelques jours dans la maison de Cassis, et… personne ne le sait.

Les discours vont commencer. Si Darius devait parler, que dirait-il ? Qui s'intéresserait à ces deux solitudes de grandes vacances ? Que raconterait-il à l'assemblée ? Qu'une fois, chez Alain, il a été ému par la silhouette de Charline à contrejour dans le jardin en pente ? Qu'il a été ramasser des champignons avec Alain qui se voulait spécialiste, et que ce dernier l'avait envoyé tout faire vérifier chez le pharmacien ; il revoit encore le pharmacien blêmir, lui sommer de tout jeter car une amanite s'était glissée dans les girolles. Il est ensuite allé en acheter au Leclerc, les a salis avec de la terre. La moitié de son argent de poche y est passée, mais il savait à quel point Alain aurait été malade d'avoir peut-être risqué leur vie.

Darius se surprend à se demander si sa vie ne serait pas plus intéressante si les champignons avaient tué tout le monde. Un meurtre, même accidentel, aurait déclenché une enquête. L'enquête aurait laissé des traces factuelles, il y aurait des choses à raconter qui intéresseraient tout un tas de gens. Ces souvenirs-là auraient une valeur universelle et mériteraient d'être partagés.

Darius se dit que si sa vie, contrairement à celle des héros, ne contient pas de péripéties, c'est sûrement parce qu'il a un charisme de mollusque. Il ne lui arrive rien. Rien qui ne vaille la peine d'être raconté aux enterrements, se dit-il.

Et s'il n'est pas défini par des événements, c'est parce qu'il n'est pas là. Il est là, sans être là. Il est ici et ailleurs. Parce qu'il s'accroche à une broutille, s'y attarde et s'évade. À cause de ces foutus détails qui l'accaparent tant, Darius n'existe qu'entre les moments. Il se calfeutre dans les fêlures comme la végétation urbaine. Ces petites plantes qui poussent dans les fissures du béton, soit les gens les ignorent, soit ils les regardent en se demandant un court instant comment la nature peut se faire une place dans un tel milieu. Puis ils font une moue désintéressée : ça ne tiendra pas, c'est idiot, ça ne sert à rien, c'est incongru de toute façon. Darius a l'impression d'être une de ces petites plantes.

Quelle trace peut-il bien laisser en ne vivant ainsi que dans les brèches ?

Entre chaque discours, une chanson emblématique qu'Alain aurait bien voulu entendre. Nougaro, « est-ce que les tiens seront noirs, ce serait rigolo », *Kashmir* de Led Zeppelin. Qu'est-ce qu'ils l'ont écoutée à Cassis ! Cette chanson sacrée, qu'il ne faut surtout pas interrompre au risque de ne pas savourer les bénéfices de sa progression, et qui, pourtant, sera stoppée avant la fin le jour de ses funérailles. On aurait pu s'épargner les discours et n'écouter que de la musique. Chacun se serait alors penché sur ses propres souvenirs. Chacun en lui-même, dans son intériorité, en communion avec la chanson, aurait pu écouter les échos qu'Alain a sur lui, les vibrations que la musique provoque et les images, les rêves, qu'elle fait resurgir, avec ou sans Alain. Darius se revoit sur le canapé ocre de la maison de Cassis, écoutant des vinyles avec Alain : « On ne coupe jamais un morceau ! » Des heures à écouter en silence la discographie infinie d'Alain. Led Zep, Deep Purple, les Pink Floyd, les Stones, Donovan… Entre ses 8 et 17 ans. Tous ces étés à Cassis.

Darius a du mal à tenir en place, là, sur son banc près de ses parents. La musique l'agite malgré lui. S'il le pouvait, Darius se mettrait à danser. Il voit soudain qu'une silhouette immatérielle est sortie de lui et se met à déambuler dans l'assistance, elle ondule au rythme du morceau, danse librement entre les convives, les employés du cimetière statiques et le cercueil d'Alain. Il est le seul à la voir. Peut-être qu'Alain la voit lui aussi, et s'en amuse.

La musique a sur Darius un effet puissant comparable à celui d'une drogue. Les sons, les notes, ont un immense impact psychique. La musique vient le percuter comme une explosion pour lui rappeler qu'il est vivant. Il ressent, il vibre. C'est comme si la musique interpellait sa puissance.

Si la musique produit sur lui l'effet d'une drogue dont la qualité diffère selon sa provenance, le dealer ou sa fabrication, Darius se demande s'il pourrait faire une overdose de musique. Car il arrive que Darius ait un irrépressible besoin de silence. Du calme absolu du vide. Il veut entendre le son du silence. Cette quiétude lui donne accès à d'autres ailleurs possibles.

Depuis toujours, le corps de Darius est si intrinsèquement lié aux vibrations et aux sons, que le seul moyen qu'il a trouvé pour exprimer et apaiser cette sensation souvent vertigineuse c'est danser. Il lui faut danser, à tout prix, pour sentir le souffle de la vie autour de lui. Danser pour oublier ce qui tourne sans arrêt dans sa tête. Ces « pourquoi ? » et ces « et si ? » qui le hantent.

Dès ses six ans, il l'avait senti, pour ne pas se perdre, il lui fallait se plier au cadre le plus strict possible pour, une fois qu'il aurait dompté son trop-plein intérieur, le briser et s'exprimer pleinement. Il avait choisi la danse classique. Il voulait faire l'Opéra.

Mais hors de question pour sa mère de se séparer de son enfant si petit. De le livrer à des bourreaux qui dresseraient son corps avec une rigueur intransigeante. Et hors de question pour son père de l'enfermer dans une seule discipline alors que le monde avait tant à lui offrir. Darius allait s'intéresser au basket, au foot, aux échecs (sans jeu de mots), au piano, au tennis, au volley… Allait-il passer à côté de tant de choses dès l'âge de six ou sept ans ? Il aurait toute la vie pour choisir librement. Libre dans le cadre de sa mère et les projections de son père, Darius avait enchaîné :

CE1 : rugby, percussions, et danse ;

CE2 : natation, flûte traversière, et danse ;

CM1 : handball, piano, et danse ;

CM2 : ping-pong, guitare, et danse ;

6e : arts martiaux, et danse ;

5e : arts martiaux, et danse ;

4e : danse ;

3e : guitare 6 mois, et danse ;
2nde : danse ;
1re : danse ;
Terminale : danse.
Et puis rien.

Viou

Darius se souvient. À 13 ans, il a lu *Viou*. Darius n'a pas particulièrement aimé ce livre, *Viou*. Par a priori, déjà, parce que c'était un devoir de vacances, et parce qu'il avait commencé à lire Boris Vian dans son coin. C'était Camille, en troisième, trente centimètres de plus que lui et des yeux bleus à vous engloutir, qui lisait Boris Vian.

Son casque rivé sur les oreilles, passant en boucle la cassette des tubes de 1993 qu'il a enregistrés en direct à la radio, il l'observe. Entre chaque chanson, la cassette émet le début du jingle de Oüi FM, « la radio du rock », coupé à la hâte par Darius. Ce n'était pas prévu que la chanson s'arrête avant la reprise, et Darius avait dû bondir pour appuyer sur pause.

L'enregistrement des morceaux de radio sur cassette audio est tout un art. Il faut d'abord guetter l'annonce de ce qui va passer « juste après la pub ». Retenir l'ordre des morceaux. Puis, dès le jingle de la fin des pubs, enfoncer simultanément les boutons REC-PLAY du lecteur enregistreur qu'on vient d'avoir à Noël. Au préalable, il faut avoir bien pensé à vérifier qu'il y a assez de bande magnétique et surtout, très important, avoir déverrouillé la cassette vierge. Sinon, c'est foutu. C'est ainsi que, au taquet devant son poste, Darius a pu enregistrer *Disarm* des Smashing Pumpkins, qu'il se passe en boucle. La chanson colle complètement avec l'image puissante de Camille, sur un banc de la cour principale du collège, absorbée dans ce livre dont le titre le hante : *J'irai cracher sur vos tombes.*

Camille lit là, sur ce banc, au milieu des gars qui jouent au foot comme des bourrins. Darius se demande pourquoi elle ne s'installe pas dans la cour du fond, celle où il n'y a pas assez de place pour le sport, et où « squattent » des groupes pour discuter et fumer en cachette. Elle aurait été bien plus au calme. L'image de cette fille qu'il trouve magnifique, d'une sérénité hors du temps, inatteignable par cette vague de testostérone acnéique, l'image de cette fille le fascine. Elle est absorbée dans un univers parallèle où l'on peut prononcer à la face du monde : « J'irai cracher sur vos tombes. »

Il tient son *Viou* à la main et se sent ridicule. C'est comme s'il allait aborder une femme fatale en portant sous le bras *Mimi Cracra* ou *Petit Ours Brun*. *Viou* versus *J'irai cracher sur vos tombes*. Lequel de ces livres se rapproche le plus des remous de l'adolescence ? Son prof de français ne comprend décidément rien. Il va devoir se débrouiller seul et capter par lui-même les dessous d'un titre si chargé de haine et de désespoir. Un titre qui semble fait pour lui.

Mais d'abord, il faut finir *Viou*, faire une fiche de lecture. Et après seulement, il se rendra à la librairie pour accéder à cet univers rempli de promesses sur l'idée d'enfin saisir ce qui le tourmente. Il cherchera pourquoi l'image persistante de Camille se mêle à des mollards explosés sur les tombeaux du Père-Lachaise. Pourquoi elle trône, toujours si calme, son livre à la main, dans une représentation de cimetière où la végétation a repris ses droits, au milieu des traces de crachats, et où certaines tombes, même, sont profanées.

Darius a placé le décor de *Viou* chez ses grands-parents. Le salon, la cuisine et ses poutres, les marches qui mènent aux chambres. Il a collé les descriptions de l'auteur à ce qu'il voyait autour de lui à ce moment précis de lecture. Dans ce décor, il a fait connaissance de cet enfant triste et seule. C'était comme s'il avait rencontré un fantôme. « Aide-moi, aurait supplié le fantôme, libère-moi. » Il se retrouve soudain tel le héros d'un film où il faut résoudre un lourd secret pour délivrer un esprit d'une demeure. Viou le hante comme Camille au milieu d'un cimetière et des footballeurs. « Aide-moi, libère-moi. » La petite fille se tient debout, la nuit, devant son lit, ou bien au bout du couloir à l'étage pour qu'il la suive. Ils ont noué un lien tous les deux. Il la soulage, elle le comprend.

Depuis, chaque fois qu'il retourne dans la maison de ses grands-parents, il croise la fillette. Les molécules du livre se trouvent dans cette cuisine. La cuisine n'est plus seulement chargée de son histoire familiale, elle est aussi chargée de l'histoire de Viou. Il peut arriver à Darius, lors d'un repas de famille tout à fait joyeux, d'être envahi par la même tristesse que l'héroïne du livre. Son regard sur les adultes qui l'entourent se teinte d'une mélancolique incompréhension. Plus tard, lorsqu'il repensera à ces quelques jours de vacances, il se souviendra d'une période noire et d'une ambiance de deuil alors que ces vacances étaient gaies et sans nuages. Il parcourait les pages à plat ventre sur son lit tandis que les adultes prolongeaient joyeusement le déjeuner. À croire que les Trois Mousquetaires sont de tous les gueuletons. Il voyait une petite fille triste qui errait dans la maison familiale. Ayant pris corps, Viou était son alliée. Pour lui, en réponse à ses propres angoisses : je suis triste, je ne comprends pas, que font les adultes ? De quoi parlent-ils que je ne saisisse pas ? Ce n'est plus la mère de la fillette qui est loin, c'est sa propre mère à lui qui est distante. Les lectures se superposent. Ma mère va-t-elle rentrer ? Joseph et Mauricc vont-ils retrouver leurs parents ? Qui a tué Roger Ackroyd ? Edmond Dantès va-t-il rejoindre la rive ?

Ceci dit, *Viou* l'a accompagné dans une étape clé de l'exploration de ses sensations : son premier baiser. Celui qui donne l'impression de faire un saut en parachute, qui chahute l'estomac comme avant la descente du grand huit. Le mot *Viou* devient le son de ce grand saut : et viou ! Il lisait *Viou*, il embrassait pour la première fois.

Il devait faire un exposé sur Matisse avec Hélène, en cinquième B. Ensemble, ils étaient allés à l'exposition du Centre Pompidou, puis avaient lu dans la grande encyclopédie que le noir de Matisse était un noir tout à fait particulier, d'une densité rare. Lorsqu'il avait fermé les yeux pour approcher ses lèvres de celles d'Hélène, ce noir profond lui était apparu.

Darius a le sentiment qu'en fonction de ses ressentis, le monde se déforme, la matière se module. Le noir intense de son premier baiser le plonge dans le cosmos, dans un univers peuplé de galaxies lumineuses qui tournoient en spirales infinies, débouchant sur des mondes flamboyants aux formes multiples. Il se sent happé dans un ailleurs très dense qui se heurte à l'intensité du moment. Cette collision crée un nouveau monde et lorsqu'il ouvre les yeux, après un baiser, Darius a l'impression que tout a changé autour de lui. Le contour des choses n'est plus tout à fait pareil.

S'il voit un Matisse, ou passe devant le Centre Pompidou, il repense à Hélène. S'il entend par hasard le morceau *Zombie*, des Cranberries, son corps se remet automatiquement dans le même état qu'à l'été de ses 15 ans à Cassis. Il ressent des milliers d'insectes s'agiter dans son ventre et remonter le long de son torse. Il a envie de sauter dans le vide, dans l'inconnu pour se sentir plus vivant que jamais. Il voudrait revivre ça, tout le temps. Rembobiner, REWIND, x 2 si pressé de réécouter le morceau. Retourner cet été, l'été où *Zombie* semblait coller exactement à ce qui l'envahissait, aussi excitant qu'angoissant, ce vertige de savoir que l'on va traverser des étapes qui changeront notre réalité et notre être à jamais. L'été de ses 15 ans, Judith, la non première fois plus puissante que la vraie première fois.

La deuxième première fois

Il l'a finalement eu, cet été de la première fois. Ses 16 ans. Judith. Apollon et Athéna se sont calmés. C'est sa première fois à lui, mais pas à elle : elle a effectivement connu Samuel, puis pendant l'année scolaire Karim, un gars de son lycée, six mois, c'était sérieux, mais elle l'a quitté parce qu'elle pensait être encore amoureuse de Samuel. Puis elle s'est perdue dans les bras de Julien, elle pensait à Samuel, mais s'est rendu compte au fil de leurs lettres, et en le revoyant l'été suivant, qu'en fait, celui qu'elle aime c'est Darius. Alors ils le font. Parce que Darius l'aime lui aussi et que ce n'est pas la peine d'attendre trois mois « pour être sûrs. » Tant pis si cette première fois est avec capote. C'est déjà bien. Sinon, il faudrait se rendre dans un centre de dépistage anonyme et gratuit, faire « le test du sida », la menace ultime de tous les rapports sexuels, et attendre avec cette angoisse qui ternit tout le bonheur d'une relation. Rester fidèles pendant trois mois. Pour Darius et Judith – l'un à Paris, l'autre à Bordeaux – ça veut dire se revoir aux vacances de la Toussaint. Donc l'annoncer aux parents. Révéler la vraie nature de leur relation aux adultes. Les adultes seraient au courant de leur première fois ! Ce serait comme faire l'amour au vu et au su de tous ! L'idée que les parents sachent ce qui se passe est insupportable ! Et de toute façon, attendre trois mois quand on a seize ans, c'est inimaginable. C'est maintenant que ça a lieu, pas à l'automne. En plus, Samuel n'est pas là car il fait un voyage aux States – parce qu'on dit les States – les States d'où il écrit à Judith des lettres passionnantes : les paysages, les fringues, la musique, les CD et MTV, les histoires incroyables, les faits divers les plus fous, des engagements politiques sans équivalent. Les States, là où tout se vit plus fort et en plus grand. Elle lit les lettres à Darius en sautant les passages enflammés sur son amour pour Judith et ses rêves de l'emmener là-bas.

L'été de leurs 16 ans, Darius emmenait Judith chez Alain. Ils s'allongeaient sur le canapé ocre qui sent la Suze et écoutaient les vinyles dans les bras l'un de l'autre. Ça durait des heures. Alain passait de temps en temps une tête, « Hé, faut sortir les jeunes, vous allez prendre racine. » Mais il prodiguait ce conseil sans même en être convaincu. Il aurait fait pareil, à leur âge. Qu'ils profitent du temps qui s'étire. Il leur apportait des club sandwich, retournait le disque et, parfois, restait avec eux. Il prenait place sur un fauteuil après avoir abaissé l'aiguille sur un nouvel album, « une pure merveille. » Il complimentait Judith sur sa beauté, sa maturité et leur disait que c'était beau la jeunesse quand même. Qu'il fallait en profiter, faire des choses, oser l'expérience. Que tout ça, ça resterait, ça leur ferait des souvenirs.

Hommages

L'employé des pompes funèbres baisse le son de *Peaches En Regalia* de Franck Zappa dont il a discrètement battu la mesure avec son index contre sa cuisse. Aussitôt, dans l'assemblée, les pieds cessent de remuer en rythme, les genoux de s'agiter, les images de petites animations joyeuses qu'évoque la chanson s'envolent, les corps se raidissent. Chacun prend soudain conscience de l'incongruité de ce morceau dans de telles circonstances. On a un peu honte de s'être laissé embarquer dans un monde gai et coloré alors qu'il s'agit de funérailles.

C'était la volonté d'Alain, ce morceau. Il cherchait sans cesse à casser les frontières du premier degré. Il aimait rire pour aller au cœur des échanges, pour tromper le sérieux d'un point de vue pompeux, prendre de la hauteur avant, justement, de plonger au plus profond d'une réflexion.

Alain voulait passer ce morceau joyeux de Zappa pour inviter chacun à se positionner : oui, nous sommes face à la mort, mais nous sommes vivants. Oui, c'est triste, mais nous pouvons rire et nous amuser. Pour Alain, on ne vit pas selon un cahier des charges des bons comportements, selon un protocole de la bienséance, on vit tel que l'on est, tel que l'on vibre, pour transformer la matière entre nous et se relier les uns aux autres d'une façon différente.

D'une voix neutre, l'employé du Père-Lachaise invite un proche à prendre la parole. Un homme se dirige vers le pupitre. La façon dont il se lève est trop lente par rapport à l'énergie que Darius perçoit. Ce type fait semblant d'être calme et solennel alors qu'il a envie de faire un numéro de claquettes frénétique. Murmures dans l'assemblée, l'attention change : cet homme est connu. Son costume noir est parfaitement coupé, il tombe droit et ne présente pas un pli. L'homme se place devant le pupitre, sort précautionneusement ses lunettes d'un étui en cuir et les ajuste sur le nez. Il avise son public. On dirait qu'il vient de recevoir une Palme d'or.

Le père de Darius se penche vers lui et lui chuchote qu'il y a quelques années, ce scénariste avait fait un discours d'enterrement si brillant qu'un producteur présent à la cérémonie lui avait commandé un film dans la foulée. Il doit sa gloire à un discours d'enterrement. Darius ignorait que c'était un proche d'Alain.

Le scénariste prononce effectivement un discours hors pair, magnifique : drôle par moments, émouvant ensuite, avec une anecdote à la dimension symbolique d'une force incroyable. L'assistance est sous le coup de l'émotion. Darius ressent l'impact de chaque mot sur sa peau. Certains rentrent en lui, s'y installent et c'est comme s'ils commençaient à creuser leur nid. Un nid douillet, parce qu'ils ont l'intention de rester longtemps à l'intérieur de son être, avec leur lot d'images, de représentations, d'associations plus ou moins transmissibles et leurs questionnements infinis. Les mots transportent l'assemblée qui semble soudain unie dans un mouvement commun.

Darius est lui aussi emporté dans cette danse du souvenir. Il l'est au point de s'en échapper. Il n'écoute plus vraiment. Seules quelques phrases lui parviennent et, par ricochet, le renvoient à ces gens qui, sans le savoir, ont transformé sa vie. Un mot, un regard, une attention différente. Il repense à l'expression profonde de Charline qui a toujours l'air de s'intéresser vraiment à lui. À un voisin de maison de vacances avec qui il a marché une fois le long de la plage et qui le questionnait sur ses centres d'intérêt sans changer de voix comme le font souvent les adultes lorsqu'ils sont contraints de fréquenter quelqu'un qui, d'après eux, n'a rien à leur apporter. Surtout un enfant, qui plus est.

Darius se projette : il ira aux enterrements de tous ces gens. Il s'installera au micro à côté de l'écran numérique et dira : « Cette personne, je ne l'ai vue qu'une fois et elle a changé ma vie. Elle a eu, sur moi et en une seule fois, un impact aussi fort que sur vous tous en une vie. » Il rendra hommage à ces détails auxquels les autres semblent indifférents.

Il ira à l'enterrement du prof d'histoire-géo qu'il n'a jamais eu mais dans la classe duquel il a été « dispatché » lors d'une absence de son prof à lui. Il ajustera ses lunettes comme le scénariste, se tiendra droit devant l'assemblée et racontera qu'il a été captivé par son cours et enfin compris des enjeux géopolitiques qui le dépassaient.

Il se rendra à l'enterrement de cette personne avec qui il a discuté dans le métro parce qu'ils lisaient le même livre mais n'avaient pas le même âge. *Manhattan Transfer*. Bizarrement, l'édition de Darius était plus ancienne que celle du passager car elle venait des étagères familiales. Cette lecture commune avait transformé le métro parisien en métro new-yorkais. Le vacarme était devenu plus assourdissant. Dans le métro aérien, les terrains de basket sous les rails au niveau de Stalingrad leur évoquaient à tous deux une image fantasmée du Bronx. Le passager descendant avant Darius, ils avaient quitté le décor du livre pour revenir dans le réel et se dire au revoir. Peut-être se reverraient-ils à Paris, New York, ou dans les images que leur évoquerait la poursuite de leur lecture.

Il irait à l'enterrement des parents de Tarek, son ami du collège, chez qui il arrivait à faire ses devoirs sans se sentir jugé. Ils ne le savaient même pas ; ils n'avaient rien fait pour cela, c'était juste une ambiance.

Darius pense à tous ces êtres qui ignorent avoir eu une grande influence en laissant sur lui une trace indélébile et inexplicable. Ces gens qui lui ont permis de voir la vie sous un autre angle et ouvert de nouveaux horizons. Il aimerait les réunir et leur dire merci. Mais soit il ne les recroise jamais, soit la timidité l'emporte.

Darius garde au fond de lui des bribes de ces échanges décisifs. Ce ne sont pas des événements. Ils ne font pas partie de la Grande Histoire Officielle du Monde. Ce n'est pas ça la trame d'une existence, voyons, semble lui répéter une voix qui ne le lâche pas. Il faut qu'il se passe quelque chose dans la vie, toi, il ne se passe rien.

C'est vrai, il ne fait rien de notable, rien d'important.

Ce ne sont pas des événements qui constituent sa vie, mais l'intime qui se tisse.

Pas d'événements, pas d'histoire.

Darius n'a pas d'histoire. Il se le répète comme un mantra : Darius n'a pas d'histoire.

Ça résonne comme un titre : Darius n'a pas d'histoire.

Conseils pour se fabriquer des souvenirs

Si tout le monde range son vécu dans cette banque de souvenirs que semblait évoquer Alain en répétant « ça te fera des souvenirs » comme on dirait « ça te fera des économies », alors elle doit bien exister quelque part, cette banque du souvenir. Il doit bien y avoir un espace où ils sont stockés et, de temps en temps, s'éparpillent sur l'Humanité. Peut-être qu'on peut en emprunter, peut-être que certains sont libres de droits. Comment se diffuseraient-ils, ces souvenirs ? En étant invoqués, ou bien au gré du vent, peut-être glissent-ils dans des brèches, des fissures ? S'ils sont vraiment transmis volontairement, pourquoi arrive-t-il parfois que des visions surgissent et s'impriment en Darius sans qu'il n'ait rien demandé ? Elles laissent une empreinte dans ce qui semble avoir existé avant lui et qui perdurera après.

Les souvenirs évoquent à Darius le serpent infini de l'existence. Tout remonte à si loin et continue pour toujours. Il imagine un long fil dont les êtres seraient des perles qu'une Créature Néant enfilerait méticuleusement.

Parfois, une perle entrechoque une autre et les informations s'échangent.

Parfois, le Néant lâche une perle sans le faire exprès et elle tombe dans l'oubli.

Lorsqu'il écoute la vie des autres, Darius se sent comme cette perle perdue que le Néant rattraperait in extremis pour la remettre dans le long collier de l'humanité. De justesse, il existe de justesse.

Puisqu'il semble inévitable de se plier à cette injonction à être mémorable, même s'il n'a même pas 18 ans, Darius rêve de posséder le même type de souvenirs qu'Alain, d'avoir le même genre de choses à raconter pour impressionner son entourage et se sentir vivant. Lorsqu'Alain lui raconte des choses, Darius y est tellement qu'il a la sensation d'avoir vécu le récit. Du coup, il se demande s'il ne devrait pas emprunter quelques souvenirs à Alain en attendant de se fabriquer les siens. Il lui est déjà arrivé de s'approprier une anecdote d'Alain, oh, pas grand-chose, juste un vol dans un supermarché, pour donner l'impression qu'il a le goût du risque. Il raconte ce vol de provisions pour faire une fête, et l'assistance est passionnée. Darius s'y croit tellement qu'il finit par se persuader que c'est vrai : dans sa mémoire, depuis, il a finalement vraiment volé dans un supermarché avec des amis pour se rendre à une fête avec le butin. Il a les sons, les odeurs, les images. Ce souvenir fabriqué lui appartient, maintenant, même s'il se promet qu'un jour il le rendra à Alain.

Mais plus tard, car là, il y a urgence : c'est l'adolescence. C'est même déjà presque la fin de l'adolescence ! Il doit se nourrir sans délai des découvertes imprégnées de l'énergie de la rébellion, de l'opposition, de la contre-culture, d'un souffle puissant, transgressif, rock. S'il ne s'en empare pas maintenant, il vivra comme tous ces fantômes autour de lui. Il les voit, ses camarades de lycée. Il les voit adultes, connaît leur arôme. Il voit ceux qui sont déjà dans le sillage de leurs parents, qui sentiront la même odeur de lessive, de placards rangés, de réussite matérielle et sociale. Il voit ceux qui auront la sueur d'une fuite en avant. Celle de ceux qui ne choisiront pas leur voie et le regretteront peut-être amèrement un jour, ou, pire, ne s'en rendront même pas compte. Il sait, il voit tous ces gens autour de lui qui ne semblent pas avoir conscience qu'ils repenseront toute leur vie à cette parenthèse de l'adolescence.

L'adolescence. Comme si la poussée hormonale contribuait à une plus forte réceptivité. Comme si cet état d'excitation quotidien ne pouvait être calmé que par une rasade musicale, littéraire ou cinématographique. Ces visions poussent Darius à chercher, à creuser, à s'approprier ce qui constituera son identité et le fil de son existence. Il veut la même que son parrain. Il veut cette odeur d'alcool, de tabac, de sexe, de vie. Il veut suinter l'expérience, la connaissance, le rire, la musique, le jeu, la nuit. Ce qui sortira des pores de sa peau, l'odeur de sa sueur. Ce qui va s'imbiber en lui comme un tatouage et qui, une fois adulte, se dégagera de sa personne sans s'en rendre compte. Ce qui transpirera même à travers un costume noir aux enterrements.

Darius a l'intuition que les gens qui disent « oh, moi, j'ai eu une adolescence normale » sont terriblement ennuyeux, ou des menteurs. Il reconnaîtra ses pairs, adulte, quand dans une discussion sur l'adolescence leur œil brillera, que les mots ne viendront pas tout de suite car ils se bousculeront pour raconter cette période intense et tumultueuse.

Vivre, tout faire, tout voir, à fond, maintenant, parce qu'après on sera adulte et qu'il sera trop tard.

Après, on sera seul avec sa mémoire, engagé sur le tapis roulant d'une vie calibrée où l'on ne pourra se raccrocher à ces images folles que pour tenter de retrouver une intensité perdue. Des sensations qui, adulte, manqueront terriblement. Relancer le cycle des souvenirs et regarder le tambour de la machine à laver tourner. Pouvoir se dire « j'ai été vivant » et non pas, comme ces silhouettes du lycée, « je suis déjà mort ». Voilà ce qu'il voudrait. Être vivant et que la Terre entière le sache ! Que la Terre entière le sache. Mais sache quoi, au juste ?

Car à coup de discours et de photos, Alain rejoint la masse des bons vivants, des types qui ont brûlé la chandelle par les deux bouts. Ceux qui fascinent et impressionnent, mais que l'on méprise aussi un peu parce qu'ils n'ont pas été « comme nous ». Ils ont refusé les sacrifices ou les compromis pour être « normal ». Alain a vécu en suivant le sillon de son propre vinyle. De ce qu'il considérait être sa propre liberté. Impossible de savoir si c'était un choix total, sans regrets. On a tous en tête un type comme ça. Un ami de la famille, un oncle, une connaissance. Alors, Alain rejoint les étoiles et perd toute singularité. Alain n'est plus Alain, c'est un « ah oui, je vois très bien… », un « je connais quelqu'un comme ça qui… »

À l'envie et la peur d'être comme Alain, Darius sent un liquide chaud se diffuser dans ses veines et se glisser dans le moindre vide. Il pense aux films de super-héros, quand le pouvoir du héros monte en lui. La substance des super-héros se propage dans leur corps pour leur donner la force d'accomplir une mission nette et précise : sauver le monde à l'aide d'un pouvoir clairement défini : force décuplée, faculté de déplacer les objets à distance… Lui a les symptômes du super-héros, mais pour rien.

Pas de super-pouvoir.

Pas de super-mission.

La montée du liquide émotionnel lui donne tout juste un trop-plein dont il ne sait que faire à part chercher de l'air comme un poisson hors de l'eau.

Pourtant, pendant que le jus se répand, il y croit. Il sent cette puissance : il veut être quelqu'un. Mais c'est comme une drogue dont la descente arrive trop vite. Il se dit qu'il va se donner tout ce mal pour se forger une personnalité, pour être celui qu'il veut, mais qu'au final, il sera noyé dans les échos des connaissances, des « je connais quelqu'un comme ça », pour tomber dans la fosse commune de la mémoire collective. Alors il vaut mieux ne rien faire et contempler. Voilà, ça va mieux.

Les envies de Darius se propagent d'un coup comme les branches d'un arbre magnifique, mais dès qu'il s'agit de passer à l'action, elles se recroquevillent. Elles s'atrophient et se referment sur elles-mêmes. Son désir ressemble alors à un plat de spaghetti resté trop longtemps au frigo que l'on finit par jeter à la poubelle avec une moue de dégoût.

Quand il projette de partir à New York, Moscou ou ailleurs pour entamer une carrière de danseur, on lui dit qu'il est dispersé, qu'il faut qu'il se fixe. Se fixer? Alors qu'il aime tant le mouvement? En dansant, il s'échappe de lui-même tout en étant complètement lui-même. Aucun jugement. La trace se fait d'elle-même dans l'espace et il n'a rien à prouver. Tout se déploie, il écarte des membranes pour ouvrir des mondes et agencer l'univers des possibles. Mais tout ce qu'on lui demande, c'est de rassurer les adultes: s'insérer dans les choses de la vie, et mourir le plus tard possible dans de bonnes conditions.

Darius se sent coincé dans son époque, miroir brisé des Trente Glorieuses où tout avait été possible. Ceux-là même qui l'encouragent à ne pas se disperser ont pourtant fait tant de choses au même âge que lui. Et que dire de ceux qui ont, dans d'autres temps, écrit, composé, voyagé et fait de grandes découvertes à 20 ans ? « À l'époque, on mourait plus jeune », lui a glissé Judith alors qu'il l'enlaçait sur le canapé ocre. Cette analyse l'obsède.

Darius développe une théorie dont il espère trouver les fondements scientifiques un jour : s'accomplir jeune, c'est mourir tôt. Verlaine, Apollinaire, le club des 27. Donc, connaître un accomplissement tardif repousserait l'âge de sa mort. « Évidemment, analyse Judith, quand ton espérance de vie ne dépasse pas 40 ans, tu fais les choses à 20 ans. » Aujourd'hui, surenchérit Darius, on vit deux fois plus longtemps, donc proportionnellement, on les fait deux fois plus tard. C'est logique. Mais du coup, quand l'humanité aura la capacité de vivre jusqu'à 150 ans, est-ce qu'il faudra attendre 70 ans pour s'accomplir ? Et pourquoi, malgré tout, certains y arrivent si tôt ? Est-ce qu'ils vont mourir bientôt ?

Petit à petit, s'installe dans la tête de Darius que s'il ne fait rien, il ne mourra pas. Jamais. S'il n'existe pas, même la mort l'oubliera.

La mort

La mort. Alain.

C'est juste qu'il est figé. Là, il ne bouge plus. Mais sinon, il est encore là. Le corps s'arrête, l'âme, elle, est encore là. Elle s'étale, elle rentre, partout. Elle vient habiter les cœurs, imprégner les meubles, les vêtements, elle vient s'installer dans des pièces, se faufile dans la maison, dans la voiture, dans les moindres interstices.

Ce n'est pas vrai ! Il bougeait, et soudain, il est raide. Comme pétrifié.

Il est mort. Seul.

Il revient en mémoire à Darius un livre d'images sur Christophe Colomb. À la fin, Christophe Colomb est dessiné sur son lit de mort, entouré. Voilà, c'est la fin de sa vie, et son entourage forme un cercle autour de lui, ils l'accompagnent pour partir.

Mais Alain a été trouvé mort. Donc il s'apprêtait à faire quelque chose, à se rendre quelque part, et ça s'est arrêté. Ça s'est arrêté de façon abrupte et soudaine, là, d'un coup, comme ça. Même pas le temps de fermer les yeux. Même pas le temps de se dire « ça y est, je pars. » Pas le temps de dire au revoir, de sentir que tout bascule, que la vie chavire et va faire naufrage. Avant, après, là, d'un coup, brusque, d'un seul. Le point de non-retour contre lequel on ne peut rien.

« Attends ! » Darius voudrait que cette vision raide et figée de son parrain soit en fait un arrêt sur image. Il pourrait appuyer sur REWIND pour remettre juste quelques minutes en arrière. PAUSE. Là, il lui dirait : « Voilà, tu vas mourir. Ça va être la fin alors respire fort, profondément, intensément, regarde bien, emmagasine bien ces images, ces dernières visions, ces sons, ces odeurs, ces contacts, ce sont les derniers, tu les emporteras avec toi. Vis. Vis encore plus fort ces dernières minutes, ces ultimes secondes parce que ça va s'arrêter, là, bientôt, d'un coup, tu n'auras pas le temps d'en avoir conscience, enfin, je ne crois pas. Auras-tu le temps de dire « oh ! ça y est ! alors c'est ça, la mort ? » Je ne crois pas. Respire, vis, je vais remettre PLAY, et même REC-PLAY pour t'enregistrer toujours, et ça va reprendre, ça va aller très, très vite, vis, respire fort, profondément, intensément, prends tout ce qu'il te faut, prends le temps qu'il reste, vite, je t'aime. »

Darius prie pour ne pas être emporté comme son parrain. Il voudrait avoir conscience qu'il meurt. Mesurer toute l'ampleur de cet instant. REC-PLAY : ne pas rater ce moment. Mais à quoi ça servirait, puisqu'ensuite, il aura lui aussi disparu ? Ce souvenir de sa propre mort, il ne pourra pas le partager. Il ne pourra pas dire à quelqu'un, ses enfants, un ami, peu importe, « voilà, la mort, c'est ça ». Ni « le jour où je suis mort, j'ai ressenti ceci ou cela ». Ou encore : « C'est dingue, je ne pensais pas que ça ferait ça. » Il ne pourra pas partager son expérience. Sa propre mort ne lui laissera aucun souvenir. C'est ballot : ce sera le seul fait marquant de sa vie et il ne pourra le raconter à personne.

Black Album

La foule se lève. Un dernier au revoir. La façon dont on déposera une fleur est comme la dernière image que le défunt aura de nous, alors il faut y faire très attention.

On sort.

On ne sait pas qui regarder. Ceux qui pleurent, se mouchent, ou ceux qui font semblant d'être distants. On voudrait rejoindre quelqu'un mais il y a un embouteillage.

« Bravo, ton discours était très bien. » On se presse autour du fameux scénariste. Un discours à un enterrement comme un discours aux Oscars. Darius se demande où vont les mots qu'on adresse à un mort. À qui s'adresse-t-on si ce n'est aux vivants ?

Si on veut juste faire plaisir au défunt, alors ce qui aurait fait plaisir à Alain, c'est que l'on passe les morceaux en entier. C'est tout ce qu'il voulait, Alain. Qu'on ne coupe pas les morceaux.

C'est drôle d'être là, dans le cimetière du Père-Lachaise, avec des adultes, pour une vraie raison de cimetière. D'habitude, Darius s'y rend la nuit avec des bières et des potes. Hanté par la réminiscence de Camille qui lisait *J'irai cracher sur vos tombes*, il « zone » régulièrement avec quelques amis dans les cimetières parisiens. Ils fument des joints en écoutant les Doors, Nine Inch Nails ou Metallica. La puissance de leurs émotions les pousse à creuser une identité qui colle à ce qu'ils traversent. Quelque chose de noir, de brutal. Le *Black Album* de Metallica surgit comme un écho à leurs ressentis. Une plongée dans leur magma intérieur. Le rythme est plus appuyé, parfois ralenti, transformant la nervosité en puissance compacte et sensuelle. Il ne s'agit pas de se défouler, de sortir sa violence intérieure ou sa colère, mais au contraire d'y plonger, de se rassembler pour une exploration et une connexion sensorielles. Les sons s'étirent. Chaque note exprime la dureté avec laquelle ils se heurtent au monde et la rudesse avec laquelle la société les accueille. Et ce, malgré la douceur et le confort dans lesquels ils grandissent. Entourés de tout l'amour et le bien-être que la classe moyenne supérieure peut leur offrir, malgré toutes les promesses d'une vie réussie, ils ont 16 ans, 17 ans, et sont pétris de l'intérieur. Leur être se cogne aux parois d'un corps qui grandit trop vite, d'une peau qui exprime la peur du contact avec l'extérieur, leur voix n'ose pas sortir par crainte de tout dévaster sur son passage.

Le *Black Album*. Un disque aussi exutoire que réconfortant, qui parle de façon intime et percutante à toute une génération au point d'en décomposer les ressentis insondables. Malgré la noirceur, la dureté, c'est aussi qu'il la console, cette génération. Et, pour parvenir à cela, d'après Darius, il faut avoir beaucoup de douceur.

Darius s'est mis à l'écart pour attendre ses parents. Il n'ose pas s'asseoir sur une tombe. S'il reste immobile à se replonger dans ses souvenirs, peut-être qu'il sera aspiré par cette tombe. Au milieu des concessions du Père-Lachaise, il se promet une vie folle et intense, pourtant il se sent plus mort que ceux qui y reposent.

La théorie des doublons

Un verre sera organisé dans la soirée. C'est bizarre de se quitter comme ça, sans transition après la cérémonie.

Les parents de Darius se sont garés un peu plus loin en contrebas par crainte de ne pas trouver de place et d'être en retard aux funérailles de leur ami. Ils sortent du cimetière et prennent la rue du Chemin-Vert. C'est drôle, se dit Darius, parce qu'il est passé par là il y a deux jours alors que ça faisait des mois qu'il n'était pas venu dans ce quartier. Il avait été invité à une fête chez un pote de pote dont les parents étaient partis en week-end. Et voilà qu'il repasse ici. Ce n'est pas la première fois que ce genre de chose lui arrive.

Il faut dire que Darius a une autre théorie dont il finira, là aussi, par démontrer les fondements scientifiques un jour : la théorie des doublons.

Il a remarqué que lorsque l'on se rend dans un endroit où l'on a peu l'habitude d'aller, on y retourne forcément dans la semaine qui suit. Il ne parvient pas à l'expliquer, mais c'est une loi. Dès qu'il tente une argumentation, face au regard incrédule et amusé de son interlocuteur, les mots se bousculent et s'entre-choquent pour finir dans la bouillie informe d'un éclat de rire. Pourtant, c'est une loi, il l'a remarqué ! Il est allé au musée d'Orsay pour un exposé, il ne met jamais les pieds dans ce coin, mais le week-end suivant, il arpentait les rues de Paris avec Amy, qu'il venait de rencontrer, pour la raccompagner rue de Varenne, où elle était logée chez des cousins. Et quand il avait rendu visite à Alain à l'hôpital Pompidou, puis avait déjeuné avec son père la semaine suivante, son père lui avait demandé de l'attendre juste en face de l'hôpital, dans le hall de France Télévisions où il avait un rendez-vous.

La théorie des doublons ne touche pas seulement les lieux, elle concerne aussi les gens. Dans un café, il a croisé Damien, avec qui il avait suivi des cours de danse au début du lycée et qu'il n'avait pas revu depuis. Deux jours plus tard, il a recroisé Damien par hasard dans la rue alors que ça ne lui était jamais arrivé en trois ans. Une autre fois, Darius avait entendu parler de Leila, son ex, lors d'une fête, puis avait rencontré un type dans une autre soirée et il se trouvait que c'était son nouveau petit ami. Il avait entendu *Sunshine of Your Love* de Cream en faisant des courses au Franprix, ce qui est suffisamment rare pour être remarqué, et ce même morceau avait été diffusé dans un bar deux jours plus tard. Il avait appris l'existence d'Ambroise Croizat, le « fondateur de la Sécurité sociale », lors d'une discussion à une fête, puis ce même nom avait été mentionné lors d'une discussion entre amis la semaine suivante.

Des exemples comme ça, il en a des centaines. Ils concernent des lieux, des gens, des morceaux de musique, des sujets de conversation. Comme si les idées qui sont dans l'air marchaient par deux.

Dans le monde, chaque élément semble accompagné par son reflet. Et peut-être que ce reflet est à son tour apparenté à un autre qui se divise lui aussi, et ainsi de suite. Le monde se présente comme un palais des glaces infini. Chaque chose faisant écho à une autre contient elle-même une multitude d'échos. Des molécules et des molécules d'échos.

Ce que voudrait Darius, c'est être certain qu'il se trouve au bon endroit, et non dans un doublon ou coincé dans un reflet. Jusqu'où lui faudrait-il regarder, explorer ? Quel est le plus petit écho possible qui lui garantirait qu'il ne peut être ni ailleurs ni autrement ?

Car même l'essentiel est double. Les atomes : assemblage de particules, elles-mêmes assemblage d'autres particules. Visiblement, même la particule la plus élémentaire est deux. Rien ne marche seul. Les particules élémentaires se composent de fermions et de bosons. Pour le dire vite, les fermions sont la matière, les bosons son mouvement.

Les fermions se divisent en leptons et en hadrons. Chaque lepton a son anti-lepton. Comme un binôme, ils se complètent et s'opposent. Les leptons sont eux-mêmes composés d'électron, de muon, de tau. Comme ils n'ont pas de charge électrique, ils sont accompagnés de neutrinos qui, eux, ont une charge électrique : le neutrino électronique, le neutrino muonique, le neutrino tauique. Ils agissent ensemble. De même que les hadrons fonctionnent en groupe.

Les hadrons sont un assemblage de plus petites molécules appelées quarks. Les quarks ne peuvent pas survivre seuls. Ils s'attirent toujours. Un quark solo va tout de suite se réunir à un ou deux autres quarks. Deux quarks forment un meson, trois quarks forment un baryon. Il y a deux types de baryons : le proton ou l'électron selon le type de quarks qui se sont réunis.

Rien ni quoi que ce soit ne fonctionne seul.

Les quarks ont différentes appellations : les quarks *up* et les quarks *down*. *Up and down*, comme une danse. D'autres quarks, plus instables sont nommés *strange*, *charm*, *bottom* et *top*. Comme des positions, les pas d'une chorégraphie. Des gestes qui s'effectuent pour créer de la matière, de la vie, du mouvement. Darius est fasciné de découvrir qu'ils ont des noms si poétiques qui s'apparentent à la beauté du monde et des émotions. Avant, le quark *bottom* avait été nommé le quark beauté, le quark *top*, *truth*. Comme des entités, des petites divinités qui interagissent.

Plus tard, Darius apprendra que certains scientifiques supposent qu'un quark, plus petite particule élémentaire observée à ce jour, est sûrement elle-même composée de préon. Est-ce que les préons agissent en groupe, eux aussi ? Il voudrait être encore vivant le jour où l'on observera le préon. Ce jour où, encore une fois, on découvrira que l'intuition et l'abstraction anticipent notre réalité.

Les halls d'immeuble

Darius s'installe à l'arrière de la voiture familiale. Il regarde Paris défiler à travers la vitre. L'ange de la Bastille passe du pare-brise à la vitre passager, puis disparaît au loin dans le coffre tandis que la voiture s'engage sur la rue Saint-Antoine. La Seine. Quitter une rive où les immeubles se chevauchent dans des ruelles et des cours pour rejoindre de grandes avenues haussmanniennes où ses parents trouvent facilement à se garer dans une contre-allée. Les portières claquent comme lorsqu'il était petit. Seul le bip-bip de la fermeture centralisée le remet dans le présent. Nouvelle voiture, nouvelle époque.

Le hall de l'immeuble de son enfance est immuable. Toujours la même odeur de détergent dont est imprégné l'escalier en bois recouvert d'un tapis bordeaux. Au premier, un paillasson qui sent la cendre froide. L'odeur de friture au deuxième étage. Celle du linge sorti du sèche-linge au troisième et celle de patchouli au quatrième.

Il y a les bruits caractéristiques. Les pas de quelqu'un qui descend les marches de plus en plus vite. La cavalcade d'un adolescent qui, comme lui, descend les marches en triolet, tacatac-tacatac-tacatac, et saute le plus de marches possible après le virage menant à chaque palier. La musique des escaliers. Tacatac-tacatac-tacatac, boum. Quelques pas, et l'étage suivant, ça reprend : tacatac-tacatac-tacatac, boum. Le « zip » d'une doudoune qui frotte le mur à chaque tournant. De sa chambre, Darius est capable de reconnaître le bruit de l'ascenseur, d'où il part, à quel étage il s'arrête, qui en sort d'après le tintement des clés que l'on cherche dans une poche ou un sac à main, ou d'après le pas définissant le type de chaussures, et donc, son propriétaire. Comme le chat qui se précipite vers la porte d'entrée alors que la mère de Darius franchit tout juste le hall, Darius perçoit chaque habitant qui pénètre dans l'immeuble.

La famille de Darius n'a jamais déménagé en vingt ans. D'autres personnes ont pris la place de celles qui sont parties, certains paillassons ne sont plus tout à fait les mêmes, les odeurs se renouvellent et se mélangent aux persistantes. Malgré tout, quand Darius rentre dans l'immeuble familial, c'est un voyage dans des sensations dont il est imprégné depuis toujours et qu'il ne voudrait oublier pour rien au monde. Pour Darius, pénétrer dans le hall de son immeuble à 17 ans, c'est comme retourner dans le ventre de sa mère, c'est doux, comme un cocon.

Les bâtiments ont toujours été une porte vers l'imaginaire. D'abord, Darius rêve à qui pourrait bien habiter là, puis il se demande comment serait sa vie s'il vivait ou avait vécu dans cet endroit. Ce qu'il aime par-dessus tout, c'est apercevoir un appartement par une porte entrouverte sur le palier. L'intérieur suggéré excite sa curiosité, il se demande comment est aménagé le reste du logement. Et celui du dessus est-il identique ?

Par les fenêtres, aussi, il peut regarder et projeter des destinées, des modes de vie, des ambiances. Tiens, au deuxième, ils ont transformé en cuisine ce qui est une salle de bains aux autres étages. Et qu'en est-il des autres pièces ? Qu'est-ce que ça change dans le quotidien de ces gens ? s'interroge presque maladivement Darius.

Il n'a de cesse de comparer son habitat à ceux des autres. Comme s'il cherchait une réponse à une question d'identité profonde. Pourquoi n'est-ce pas pareil ? « Pourquoi suis-je ici ? Comment serais-je si j'habitais chez elle, chez lui ? Comment vivrions-nous, mes parents, mon frère et moi si nous avions une cuisine américaine ? Si nous partagions la même chambre, mon frère et moi ? Si le salon était décoré autrement ? Mon comportement et mes gestes au quotidien en seraient changés. » Darius va jusqu'à la façon d'ouvrir un frigidaire pour se servir à boire ou à manger. La posture, légèrement déhanchée, en avisant son contenu. Dans certaines familles, il est toujours vide, ou au contraire, rempli comme si l'on craignait de manquer. Chez certains, le soda se boit comme l'eau du robinet. C'est fascinant à quel point des gestes aussi anodins qu'ouvrir un frigo, se servir dans un placard, avoir un bip ou composer un code pour la porte d'entrée modifient une attitude générale.

Darius suit le mouvement avec cette sensation d'évoluer dans ces lieux qui n'appartiennent qu'aux autres. À la pause méridienne, il accompagne des camarades chez les uns, chez les autres, dans ces beaux quartiers de la capitale. Il découvre les multiples façons de vivre riche. Il croyait que les riches ne vivaient que dans du haussmannien à double entrée – entrée principale et entrée de service –, il découvre le luxe des chambres de bonnes aménagées en loft dans un immeuble ancien aux poutres apparentes, les jardins intérieurs après une succession de cours, les hôtels particuliers, les duplex, les immeubles modernes aux salons immenses ; lui qui croyait naïvement que les immeubles modernes n'étaient que des HLM… Il arpente ces appartements aux couloirs infinis, méandres de l'arbre généalogique familial bien implanté. Pas de branche morte, pas de point d'interrogation. L'arbre est au moins un chêne tricentenaire magnifique, droit, noble et beau. Ce n'est pas cette mauvaise herbe qui sort timidement du bitume.

Les grands-parents transmettent à leurs petits-enfants la légitimité d'être là. Ces gens sont riches depuis plusieurs générations. C'est dans l'ordre des choses. Les couloirs recouverts d'une laque épaisse desservent toutes les zones de ces appartements, tentacules du rayonnement familial. Quand il circule dans ces longs couloirs, Darius réalise l'ampleur du logement – et donc de la famille qui y habite – on ne voit pas tout d'un coup, il y a des parties cachées que Darius brûle de connaître. C'est sûr qu'il y a des secrets.

Il y a forcément une faille quelque part. Un placard fermé dont la clé a été jetée au fond d'un puits.

Grandir à la bonne place

Darius a atterri dans cette vie duveteuse et facile où il est impensable de grandir sans s'en sortir. S'en sortir juste comme il faut : ne pas échouer, mais ne pas dépasser son père non plus !

Il se sent composé d'une substance étrange et visqueuse : suffisamment nuage pour qu'on ne le remarque pas, suffisamment chair pour en ressentir toute la souffrance. Il évolue dans un espace entre le tangible et la dissolution. Où est-il exactement ?

Tous les jours, pour se rendre au lycée, il fait le trajet avec Guillaume, un garçon de sa classe. Ils ne sont pas amis, ça se voit rien qu'au look classique de Guillaume et celui, gothique métalleux, de Darius. Parce que dans les années 90, on se fréquente par look, par style vestimentaire et musical. Jamais un grunge ne traîne avec un rap, un r'n'b (généralement surnommé « kéké »), jamais un techno ne se mélange à un rock, encore moins à un chalala. Dans Paris, on va jusqu'à se looker par rive, par arrondissement, voire par lycée. Le style de chacun marque une appartenance sacrée, on ne se mélange pas, on tolère tout juste l'existence des autres, même si, comme Darius, on écoute la musique qu'on ne devrait pas écouter en cachette. Darius planque le CD de NTM dès que ses amis viennent chez lui. En rap, ses potes tolèrent IAM et Cypress Hill.

Darius et Guillaume ne sont pas du tout amis, mais tous les matins, ils se croisent et font le chemin ensemble le temps d'une cigarette, avant que chacun ne rejoigne sa bande. Guillaume habite le même pâté de maisons, mais dans un immeuble haussmannien à double accès. Darius n'a eu l'occasion d'aller chez lui qu'une seule fois, lorsqu'ils avaient décidé de ne pas aller en physique pour échapper à un contrôle. Darius et quelques autres s'étaient retrouvés dans l'immense appartement de Guillaume dont les parents étaient en voyage. Ils avaient attendu le départ de la femme de ménage pour allumer joints et cigarettes, puis ouvrir des bières. Il était 16 heures.

Guillaume n'est ni rock, ni grunge, ni rap, ni techno. Il est bourge, avec des chemises dites

« chemises de droite » reconnaissables à leur bleu clair et leur texture solide, cousues de fil blanc, toujours. Après le bac, Guillaume fera une école de commerce, ou du droit. Ses cheveux sont parfaitement coupés, il est mince et musclé, sa voix semble n'avoir jamais mué, ne s'être jamais cognée aux parois d'un corps douloureux. Guillaume écoute « un peu de tout », autant dire les tubes qui passent à la radio sans faire de vagues.

Darius et lui n'ont rien à voir.

Pourtant, pendant trois ans, ils auront fait le chemin ensemble, presque tous les matins.

Ce chemin, souvenir commun, qu'en restera-t-il pour Guillaume ? Du haut d'une tour à La Défense, se remémorera-t-il un trajet avec un camarade de classe dont toutes les caractéristiques s'opposaient aux siennes et avec qui, pourtant, il partageait une intimité unique tous les jours entre 7 h 45 et 8 h ? Peut-être aura-t-il le temps de ressentir une honte nostalgique entre deux audiences, une fois devenu avocat d'affaires.

Ils partageront les mêmes souvenirs, mais la fusion de leurs mémoires créera une autre réalité, faite de perceptions mélangées et de différentes façons de retranscrire les choses. Si l'on partage un événement commun mais qu'on n'en tire pas forcément les mêmes souvenirs, alors de quoi est fait le réel, se demande Darius lorsqu'il est allongé sur le canapé ocre de Cassis. Comment peut-il n'y avoir qu'une seule réalité avec autant de possibilités ?

Darius passe des heures sur le canapé ocre à écouter les vinyles d'Alain. Il songe. Vaguement, et précisément à la fois, plongé dans les images que lui procurent les sons. « Totalement inefficace », aurait jugé Alexis, son camarade de classe, meilleur ami de Guillaume et qui, lui aussi, fréquentera les grandes écoles et l'élite. Darius laisse tourner le vinyle même après le dernier morceau. Il se délecte du craquement de la fin du disque, chaleureux comme un feu de cheminée. Un crépitement hors du temps, le son du nulle part qui lui évoque la neige sur un téléviseur oublié. « La neige du téléviseur est ce qu'il y a de plus proche du Big Bang », lui a un jour dit sa mère. Laisser une télé allumée entre la fin d'un film et le retour à la réalité nous rapprocherait donc de la nuit des temps. De l'origine du tout. Comme le craquement du vinyle dans le silence avant de repartir dans le flot d'images que lui évoquerait une nouvelle chanson.

« Sérieusement ? Tu restes allongé à écouter de la musique ? avait halluciné Alexis. Mais t'es vraiment un branque ! » Pas du tout optimale comme occupation du temps. Décidément, non, Darius n'est pas efficace. Il se sent bien dans les moments de transition. Il adore prendre le train sans rien faire d'autre que regarder défiler le paysage, attendre le bus en étant dans ses pensées, écouter d'une oreille la musique d'attente d'un standard téléphonique, rêvasser dans le métro.

Darius adore les imprévus. Une grève, un train en retard, un avion annulé, rester bloqué par une tempête de neige, quelque chose qui casse ce qui était programmé, trop bien huilé. Parce que c'est dans ces brisures du temps qu'il sent que quelque chose peut arriver. Mais pour quelqu'un comme Alexis c'est *totalement* inconcevable. Le vide du temps doit être rempli : tennis, polo, devoirs, échecs, toute activité qui permette d'être bon, voire le meilleur, quelque part. Tout espace doit être comblé, toute place occupée.

Darius ne comprend pas pourquoi il évolue parmi ces gens s'il n'a non seulement aucune affinité avec eux, mais plutôt le rejet le plus profond. Est-ce encore une expérience ? Un coup des dieux de l'Olympe ? Darius bout. Il ne peut pas crier. On ne crie pas lorsqu'on grandit dans un milieu protégé. Si Darius s'autorisait la violence de son rejet, alors les tables des salles de classe voleraient, les chaises viendraient se fracasser aux carreaux, les cages de foot de la cour du lycée s'enflammeraient. Visions apocalyptiques d'un monde qu'il refuse, qu'il ne comprend pas et qui semble ne pas vouloir de lui. D'un monde qu'il sent nuisible à l'humanité. Ses professeurs engoncés dans leur prétendu savoir poussiéreux se réfugieraient, affolés, dans leur salle. Les pétasses en jean slim et cheveux lissés, celles qui se moquent de son style métalleux, hurleraient de peur, les bourges se calfeutreraient en tremblant, Guillaume s'enfuirait avec la bande d'Alexis.

Alexis.

Alexis la brute, froide et intransigeante.

Alexis au regard glacé et aux lèvres serrées, aux traits si bien dessinés qu'ils semblent l'avoir été au rasoir.

Alexis l'ambitieux, le leader, la charismatique et séduisante petite frappe riche.

Alexis

Alexis n'aime pas les gens qui n'ont, selon lui, pas conscience du monde qui les entoure. Il faut être réaliste, si on veut avancer, il faut avoir la tête sur les épaules. Ça va cinq minutes les états d'âme.

Un matin, Darius arrive en cours et ne trouve personne de sa classe. Il n'y a qu'Alexis qui attend, assis par terre dans le couloir. Au bout d'une demi-heure, une pionne passe et les informe que la prof d'anglais est absente. Tout le monde le savait sauf eux. Pourquoi ? Aucune idée.

Ils ont un trou de trois heures. Alexis propose à Darius de passer fumer un spliff chez lui. À 9 h ? Bon. Darius accepte, curieux de découvrir chez Alexis. Darius se demande par quoi ils sont reliés, eux si radicalement opposés, pour avoir manqué la même information et se retrouver dans ce couloir.

Sur le trajet, Alexis explique à Darius qu'il a, depuis ses 16 ans, un studio dans l'immeuble où son père a ses bureaux. Son père qu'il admire tant : financier d'exception qui a su monter des filiales à chaque fois que la société prenait un nouveau virage. Pendant tout le trajet, Alexis ne fait que parler. Darius est impressionné qu'un garçon aussi propre sur lui parle avec un accent caillera à ce point. Alexis ne semble pas se rendre compte de ce paradoxe et monologue avec engouement. Son père tient à ce qu'il ait une scolarité exemplaire, celle qui mène à la réussite. Il l'a prévenu, c'est au collège qu'il faut tout donner, car dans un établissement d'excellence, c'est là que la sélection opère. Au collège, on laisse rentrer n'importe qui à cause de la sectorisation, lui a expliqué son père. Or, son fils a mieux à faire que de traîner avec des fils de concierge. Il a le droit d'être avec des gens qui travaillent, qui sont à la hauteur des efforts qu'ils fournissent, même s'ils viennent d'un autre quartier. La carte scolaire devrait, selon ses parents, être modifiée pour donner une chance à chacun d'avoir la scolarité qu'il mérite sans payer une école privée. Sa mère appuie ce discours en expliquant à son fils que la sectorisation amène certains habitants de banlieue à ne pas avoir accès à une scolarité décente. Elle pense à sa nièce Anne-Cécile, qu'Alexis appelle Anne-Cé. Anne-Cé habite Châtenay-Malabry et ne peut pas aller dans un grand établissement parisien. Heureusement, ses parents ont pu la déclarer habitant avenue Bosquet. Darius n'ose rien dire. Il craint qu'en contredisant Alexis, celui-ci le plante au milieu du boulevard Raspail et raconte à toute la classe à quel point c'est un blaireau qui ne comprend rien à la réalité de la vie et aux règles du jeu.

Ils arrivent à hauteur de la rue de Sèvres, s'engagent dans la rue Vanneau. Malgré la circulation, Darius ressent un silence lourd et gris. Il se sent dans un quartier où même les immeubles se taisent. Alexis s'arrête devant un bâtiment années 30, appuie sur le bouton d'ouverture de la porte et invite Darius à grimper les quelques marches en marbre qui mènent à un ascenseur.

Son studio est donc dans l'immeuble des bureaux de son père. Dans l'ascenseur, il croise parfois des associés. Ils portent tous le même type de costume classique et élégant. Ils ont une sacoche, et consultent leur Palm tandis que les étages défilent. Le stylet à la main, ils parcourent le contenu de leur agenda numérique avec une allure qui fait passer la presbytie pour de l'élégance. Certains jours, la grille de l'ascenseur années 30 s'ouvre et laisse apparaître de très belles femmes.

Il faut ensuite prendre des escaliers du septième au huitième étage. Un couloir clair dessert plusieurs appartements aux portes en bois vernis. Alexis ouvre la porte du sien. Chaque son résonne dans le silence étouffé de l'immeuble. Le bruit de l'ascenseur, des serrures, de la minuterie, tout semble solide, à l'épreuve des chocs et du temps. Tout pèse son poids, l'expression valoir son pesant d'or vient à l'esprit de Darius.

La porte de l'appartement d'Alexis s'ouvre et se referme avec cette même facture. Sous les toits, une grande fenêtre avec un balcon surplombe un parc. Dans la pièce, un coin cuisine en bordel, un bureau, un lit défait, un canapé en cuir et une télé posée à même le sol. Un lecteur DVD, une console Nintendo. Par terre, une pile de jeux vidéo et de DVD. Une affiche de New York, une aquarelle représentant une cathédrale sous la neige qui dénote avec le reste. Darius suppose qu'il l'a dans sa chambre depuis tout petit. Il n'ose pas s'asseoir et regarde la vue.

Le temps de sortir une boîte en bois aux motifs indiens, Alexis reprend la parole en roulant un joint. C'est l'avantage d'avoir son propre appart.

Il peut bédave tranquille. Un peu de coke, de temps en temps, mais seulement pour les soirées. Après, ce sera seulement pour les coups de rush en prépa. Quand les soirées et les coups de rush s'enchaînent, les lignes se croisent et se recoupent.

« Tu vois pas qui c'est, Anne-Cé, ma zinecou? Elle est à Duruy maintenant. » Darius fait une moue de la tête. Il préfère se taire, il a l'intuition profonde que s'il est ici, chez Alexis Bruneau-Lanchert, l'un des types les plus populaires du lycée et qui est déjà majeur parce qu'il est né en janvier, c'est parce qu'il doit apprendre quelque chose sur Alexis que personne ne sait et que, sans doute, personne ne saura jamais. C'est la seconde fois qu'il se retrouve proche d'Alexis. La précédente ayant été en contrôle surprise de français. Ils avaient été placés à côté, Darius l'avait aidé en douce. S'il se trouve dans un doublon, il y a une raison.

Anne-Cé.

Dès les grandes vacances qui précédaient l'entrée au collège, les deux cousins s'étaient mis d'accord pour s'entraîner régulièrement à se rouler des pelles. « Je tourne vers la droite, OK? » Il faut savoir embrasser dès l'entrée en sixième. La popularité d'Alexis part de là: savoir rouler des pelles avant tout le monde.

L'expérience, répète Alexis, l'expérience avant les autres, c'est la base du pouvoir. Pratiquer prématurément, puis être consulté en tant qu'expert. On l'admire, on lui fait confiance, il sait de quoi il parle. Une nuit, ajoute-t-il en tendant le joint à Darius, il a peloté Anne-Cé, histoire de pratiquer, pour l'expérience. Elle dormait. Elle a ouvert les yeux et n'a rien dit. C'est donc qu'elle était OK.

L'avantage d'avoir un appartement à soi, pour Alexis, n'est pas seulement de pouvoir se défoncer tranquillement. C'est d'avoir sa propre télé. Il a toujours eu l'habitude de regarder la télévision seul, parce qu'il y avait une salle de télé dans l'appartement familial avenue Bosquet. Mais chez lui, maintenant, c'est différent. Il peut regarder ce qu'il veut sans craindre d'être surpris. Les pornos, bien sûr, mais pas que.

Darius s'est assis et l'écoute. Pour Alexis, son silence est le signe d'une absence totale de jugement. Le visage d'Alexis semble différent. Peut-être est-ce l'effet du cannabis, mais ses traits paraissent plus doux, son regard plus fragile. Alexis poursuit : personne ne vient lorsqu'il est en train de visionner une émission qu'il a honte de regarder. Genre : « Les Enfoirés ».

Darius n'en revient pas: Alexis Bruneau-Lanchert, fils de financier, dont l'insulte préférée est « sale prolo », qui ne porte que des marques et à qui son grand-père offrira une voiture dès qu'il aura le permis, Alexis Bruneau-Lanchert regarde « Les Enfoirés ».

Depuis toujours, une partie de son argent de poche lui sert à se procurer en cachette les VHS, les CD ou les DVD de l'émission. Dès que ses parents s'absentaient, il s'enfermait dans la pièce télé et se faisait sa propre séance. Les larmes montaient dès les premières images. Ce qu'il préfère par-dessus tout, c'est l'entrée en scène d'un nouvel artiste. Il arrive généralement au deuxième couplet, ou au refrain, du haut des marches. Il a l'air ému par la cause qu'il défend, la chanson qu'il s'approprie et la foule qui l'acclame. La chanson est douce et jolie, et il est là pour redonner une couche d'émotion. C'est là qu'Alexis plonge dans ses sanglots. Il pleure parce qu'il est touché, il pleure de ne pas en être, il pleure de honte d'apprécier un programme que son entourage méprise.

Alexis aimerait être ce chanteur qui vient d'en haut et qui descend les escaliers sereinement. On dirait une longue étreinte. Une embrassade comme lui, Alexis Bruneau-Lanchert, n'en a jamais eue. Il aimerait être ce chanteur ami de tous ces autres chanteurs. Il aimerait être de ces acteurs qui savent chanter et qui sont amis avec d'autres acteurs. Il voudrait faire partie de ces comiques qui savent émouvoir. Ce serait ça, sa grande famille. Pas une ribambelle de cousins qui se retrouvent chaque été dans une maison en Bretagne en se refilant éternellement les vêtements des aînés. Il passerait aux Enfoirés et chanterait *SOS d'un terrien en détresse*.

Fasciné par Les Enfoirés, Alexis ne comprend pas ce qui l'attire autant alors qu'il sait très bien que ce n'est pas du tout ce qu'il faut. Il le sait, on lui a appris : la vie d'artiste n'est non seulement pas faite pour lui, mais elle n'a rien d'une réussite. Amuser la galerie en public, et après ? Il sait que ça n'a aucune utilité, que c'est du simple divertissement. Il sait que ces gens sont en décalage avec la réalité. Même s'ils ont l'air tant appréciés. Il le sait, c'est un leurre. Mais, confie-t-il à Darius – qui se demande s'il entend bien ce qu'il entend ou si l'effet de la drogue déforme sa perception des propos d'Alexis –, il rêve secrètement d'apparaître au milieu de fausses bulles géantes pour un duo avec Charlotte Gainsbourg. Elle l'attendrait sur une balançoire. Ils se regarderaient profondément, il la prendrait par l'épaule.

Devant sa glace, Alexis s'imagine régulièrement face à ces milliers de personnes. Il met aussi un gros casque audio sur ses oreilles pour voir à quoi il ressemblerait lors du clip de promotion.

Généralement, Alexis écoute des trucs branchés avec ses potes. Du hip-hop pour avoir l'impression d'être un peu dur et d'avoir vécu des choses. Jamais il n'avouera à qui que ce soit qu'il apprécie des chanteurs français et qu'une fois seul, il se permet d'écouter le concert des Enfoirés à Lyon. Il ne le dira à personne. Jamais. Il ne révèlera pas ses rêves. Si Darius dit quoi que ce soit à qui que ce soit, il le bute. C'est bien clair ? Darius opine du chef.

Alexis a bien compris que les chimères de ses parents sont les mêmes depuis toujours. Elles ne se mêleront jamais aux siennes. Il met de côté sa véritable ambition de passer aux Enfoirés pour l'inévitable équation de la réussite et du succès. Celle qui le mènera à des femmes comme sa mère, ou de temps en temps à celles qui sortent des ascenseurs.

Il a laissé tomber son apprentissage avec Anne-Cé. Il a bien compris qu'on ne forge pas son expérience sexuelle avec la même fille. Surtout que, depuis qu'elle a un corps de femme, elle ressemble de plus en plus à sa mère. Alexis a l'impression de coucher avec une daronne et ça craint. En plus, Anne-Cé lui a dit qu'il roulait des pelles trop vite et qu'il « embrasse mouillé », c'est très désagréable.

S'il passait aux Enfoirés, il obtiendrait le statut d' « aimé universel ». Cela ferait de lui quelqu'un de bien, de concerné. Anne-Cécile le regarderait différemment s'il le voyait échanger une blague avec Muriel Robin devant des milliers de personnes. Elle se mettrait à pleurer lorsqu'elle le découvrirait chantant *Mistral gagnant* repris par le public. Il déteste sa cousine de ne pas le comprendre. Et plus il la hait, plus elle l'excite.

Et puis, après le logo rose des Restos du Cœur, il voit Coluche. Et dans le fond, Alexis ne voudrait pas porter un tee-shirt jaune ou une salopette et ressembler à un plombier.

Il sera à la hauteur. Pas un Enfoiré. Comme son père.

Son père qui l'emmène jouer au squash, au Club Forest Hill où la fille qui donne des serviettes est archi mignonne. Il la tringlerait bien vite fait, avait-il un jour confié à son père alors qu'ils sirotaient un whisky dans le bar du club. Mais vraiment vite fait, parce qu'il ne veut pas finir sa vie avec une fille qui distribue des serviettes. Son père avait souri et répondu que cela n'arriverait jamais, vu qu'il est inutile de rentrer en compétition avec son fils et que, la fille aux serviettes, il l'a déjà eue.

En roulant un deuxième pétard, Alexis raconte à Darius que sa mère est complètement psycho. Elle passe ses journées dans le noir. Il est tellement mieux ici qu'avenue Bosquet où il devait faire le moins de bruit possible. Dès qu'il passait devant la chambre de sa mère, il l'entendait gémir « chuuut ». Alexis devait se taire en permanence, faire comme s'il n'était pas là, comme s'il n'existait pas. Dès sa petite enfance, il a appris à jouer dans son monde intérieur, en silence. Il adorerait chanter, mais jamais aucun son ne sort. Il doit sans arrêt faire moins de bruit, c'est pour ça que sa voix ne sort pas. Depuis toujours, Alexis vit dans un monde de murmures intérieurs. Darius le regarde de ses grands yeux, lui sourit en lui tendant la fin du joint et hoche la tête. « Je sais. Je comprends. » Alexis le fixe. Un regard étonné, un échange de grands yeux ouverts sur l'abîme. C'est tout.

Il faut retourner au bahut. Sur le chemin du retour, ils croisent Perrine et Louise, puis Stan et d'autres camarades de classe. Au fur et à mesure qu'ils approchent du lycée, Darius et Alexis s'éloignent, comme gênés d'avoir vécu cette proximité inattendue. Alexis a repris sa posture de mec populaire et sûr de lui. Plus aucune trace de fragilité ne peut se déceler. Ils ne se sont plus jamais retrouvés seuls. Plus jamais ils n'ont reparlé des Enfoirés, de sa mère, ni des femmes qui distribuent des serviettes ou sortent des ascenseurs.

Quand Darius apprend la mort d'Alexis, le choc est tel que sa première pensée est : « Il n'aurait pas pu vivre de toute façon. » Il avait senti l'erreur d'aiguillage. La voiture de ses 18 ans avait quitté la route à un virage. La trajectoire aurait sans doute pu être rectifiée grâce à un entourage plus sain, plus bienveillant. Mais Alexis n'a pas survécu aux épreuves internes des grandes écoles. Ces sempiternels bizutages et ces pseudo-sociétés secrètes où l'initiation est un défi physique et mental permanent. Mis à l'épreuve encore et encore, sans jamais pouvoir crier à l'aide parce qu'aucun son ne peut sortir de son corps, Alexis n'a pas résisté.

Darius s'imagine sa famille et ses proches vider le studio de la rue Vanneau et y découvrir les piles de cassettes, de VHS, de CD et DVD des Enfoirés. Il imagine leur stupeur, immédiatement masquée par de l'indifférence. Il perçoit la force du mépris qui permet aux ressentis et aux questionnements les plus profonds de passer instantanément aux oubliettes. Darius se demande où peuvent alors se loger tous les rêves d'Alexis.

Commentaire de texte

Si Darius s'est inscrit à la fac, c'est pour rassurer ses parents. La danse devient officiellement un loisir. Il vaut mieux que son rêve reste à l'état de rêve, sinon, ça ne sera plus un rêve.

Il s'inscrit au Centre de Danse du Marais pour toucher du doigt cette ambiance qu'il aime tant : entrer dans une cour pavée où les musiques des différentes salles de danse se mélangent, l'éclairage particulier aux néons chauds, les vestiaires au parfum caractéristique pieds-sueur-lycra.

Darius entre donc en lettres à la Sorbonne, son choix 1 sur Ravel, ce trésor de l'administration française à l'ère du Minitel. Il s'y retrouve comme au lycée, en pire : tout est absolument immuable. Tout enseignement lui semble basé sur une sorte de principe premier qu'il est hors de question de remettre en question et à partir duquel découle une cascade d'analyses et de pensées endormies. Des centaines d'étudiants dans l'amphi sont prêts à recueillir bouche bée la parole des sachants comme un sésame d'insertion sociale, le passeport pour une vie normale, et lui évoquent les Compagnons dans *Ulysse 31*. Cette image poursuit Darius pendant ses études : les Compagnons qui flottent, inconscients, dans une pièce du vaisseau *Odysseus* et la voix de Zeus qui annonce la sentence : « Vos corps resteront inertes ».

Aucun d'entre eux ne se réveille ni ne pose de question. Personne ne semble réaliser que si le postulat de départ était faux, ou du moins amené à évoluer, alors les règles qui s'ensuivent le deviendraient forcément. Il faudra attendre dix ans, par exemple, pour que les particules élémentaires ne soient plus celles qu'il a apprises à l'école, grâce à la découverte du boson de Higgs. En attendant, chacun suit un mode d'emploi qu'il semble maîtriser parfaitement, comme s'il l'avait eu dès la naissance. Darius a ce sentiment qu'on a oublié de lui fournir la notice de la vie. Il ne comprend pas pourquoi il est si naturel pour chacun de vivre avec cette fluidité exaspérante de compagnon endormi.

Par exemple, pour tout le monde, il est parfaitement normal d'analyser un extrait de livre en commençant par « Ce que l'auteur a voulu dire... ». Darius est stupéfait que l'on puisse si facilement se mettre à la place d'un écrivain, mort depuis des siècles qui plus est. D'ailleurs, un garçon dans la salle ne tient pas en place. Darius l'avait déjà repéré, son genou s'agitant nerveusement faisait vibrer le stylo quatre couleurs posé sur la table dans un petit tic-tic-tic-tic entêtant. Le garçon se lève d'un bond. Il intervient avec fougue : « Qu'est-ce qu'on en sait ? Pour qui se prend-on à supposer mieux savoir que l'artiste lui-même ? »

Darius écarquille les yeux. Il n'en revient pas : voilà un compagnon réveillé, qui n'a pas peur et n'est pas bombardé de « qu'est-ce qu'on va penser si je crie ? »

La chargée de TD, à peine plus âgée, répond qu'il faut bien établir des critères pour analyser et évaluer un texte. L'élève ne se laisse pas démonter : « Et comment les établit-on, ces critères, pour faire un commentaire de texte ? Qui décide, et pourquoi ? » La prof n'a pas envie de plonger dans une analyse historique de la critique littéraire, elle est là pour expliquer les procédés, c'est tout. Dès lors, l'étudiant et elle deviennent deux droites parallèles qui ne se touchent jamais.

Darius l'observe derrière ses lunettes. Il a l'impression de comprendre ce que l'étudiant grande gueule n'arrive pas à exprimer. Il voudrait analyser d'un autre endroit comment une œuvre a la force de lui procurer une émotion. Darius a l'impression qu'il pourrait l'emmener dans cet endroit où l'on saisit les œuvres sans avoir à s'en justifier. Ce lieu où l'on peut juste ressentir et partager ses ressentis autrement qu'en utilisant un langage académique. Cette place qu'occupent les acteurs quand ils lisent leur texte sans ponctuation pour chercher, y explorer des multitudes d'interprétations possibles. Cette dimension où le fait même de lire crée une histoire, tant il y a une myriade de sens envisageables. Peu importe de prouver une connaissance, voire une maîtrise du français et des figures de style.

L'élève est debout, les pieds de sa chaise ont frotté le sol dans un bruit désagréable. « Je ne veux pas être un bon petit soldat ! hurle-t-il. Je n'en veux pas de votre moule ! »

Tandis que la chargée de TD cherche comment faire face à cet éboulement émotionnel, l'étudiant ne lâche pas. Il a maintenant la ferme intention d'exprimer son désaccord sur l'analyse du texte qu'ils étudient. Il s'assoit sur sa table, posture désinvolte qui agace visiblement la chargée de TD. Elle lui rétorque froidement qu'il est à la fac pour apprendre, qu'on ne lui demande pas son avis, mais bien de prouver qu'il connait les procédés littéraires de façon à les identifier dans n'importe quel texte. Libre à lui de s'en affranchir par la suite. Mais là, c'est trop tôt. Il est trop jeune. Il n'est pas prêt. Alors, sans la quitter du regard, il ramasse ses affaires, jette son sac à dos sur une épaule et quitte la salle en lançant : « Quand j'ouvrirai ma librairie, ça ne sera pas pour conseiller un lecteur en fonction des oxymores ! Ce sera en fonction des émotions que le livre procure ! » Et la chargée de TD de répondre : « Et ça ne vous intéresse pas de savoir comment un auteur peut les déclencher, ces émotions ? De quels outils il dispose pour… » Mais il est déjà parti.

À la sortie du cours, Darius l'aperçoit, assis sur un muret et plongé dans *Le guide des idées littéraires*. Tiens, tiens, il est donc de mauvaise foi devant les profs, mais de bonne foi face à lui-même. Darius l'apprécie encore plus. Il vient à sa rencontre pour lui apporter le reste du cours qu'il a raté en quittant prématurément la salle. Il lui dit qu'il est plutôt d'accord avec lui, même s'il voudrait savoir comment on fait pour transmettre ses sensations avec des mots. Comment est-il possible que du sens émerge d'un assemblage de signes, que le choc des consonnes et des voyelles produise un effet sur notre corps, notre cerveau, comme le font le son et le mouvement ?

Un fluide invisible les unit instantanément. À peine Darius a-t-il prononcé ces mots que l'étudiant referme en un claquement son guide. Il lève les yeux vers Darius, des yeux vert profond qui saisissent. Darius n'avait pas remarqué qu'il était un métis aux yeux verts. Il s'appelle Simon.

Ils marchent ensemble jusqu'à l'avenue des Gobelins où Simon habite un studio. Pour le loyer, il travaille à la Fnac, place d'Italie, mais son vrai projet est d'ouvrir sa propre librairie. Son ambition : ne pas mettre en avant des best-sellers. Le rayon « meilleures ventes » de la Fnac le débecte. Est-on obligé d'être efficace même en littérature ? questionne Simon. Pourquoi faut-il toujours baliser, donner la main, se servir de ficelles visibles ? Darius approuve : le lecteur peut trouver sa propre quête. Il aime quand celle des personnages n'est pas visible de prime abord, parce qu'elle touche quelque chose de plus intime que l'on découvre au fur et à mesure.

« C'est comme dans la vie, ajoute Simon, on s'attache aux gens pour ce qu'ils sont, pas pour les aventures qui leur arrivent. » Darius s'immobilise, Simon ponctue : « Pas besoin de faits. On s'en tape, des faits. »

Simon lui propose de monter, il a du fromage, du saucisson et Darius achète une bouteille de rouge au G20 d'en bas. Jusqu'au lever du jour, ils échangent autour de leurs goûts littéraires, musicaux, et de leurs centres d'intérêt artistique. *Martin Eden* et *Le Démon* côtoient David Bowie et Syd Barrett, les Pink Floyd évoquent Miró, Calder et McLaren. Cette nuit-là, ils partagent leur rouge et leur saucisson avec les plus grands : Virginia Woolf, Jack London, Marcel Aymé, Faulkner et Dos Passos. Les 20 m^2 de chez Simon sont bondés, chacun, mort ou vivant, se bouscule pour y rentrer, écouter, intervenir. Les plus grands du passé, du présent et du futur se fraient une place.

De cette soirée rouge, littérature et saucisson découle un pacte : ils monteront leur librairie. Ils transmettront leur plaisir de se laisser juste porter au fil des pages. Ils s'imaginent une librairie immense, il y aura un rayon disques, comme dans les films anglo-saxons. Les vinyles cohabiteront avec les cassettes, les CD et les mini-disques qui viennent de faire leur apparition et sur lesquels on peut créer des compiles infinies. Au fond de la librairie, il y aura une salle de danse lumineuse donnant sur une cour arborée. Dans cette libraire, on pourra exposer, jouer de la musique et danser. Ils s'y voient déjà. Ils projettent un tas d'événements populaires rassemblant des gens de tous horizons dans une ambiance festive et chaleureuse. Ils se passent en boucle les scènes joyeuses et rayonnantes de la vie de ce lieu rêvé. Un lieu comme on n'en aurait jamais vu ! Vite, il faut se lancer, maintenant, tout de suite !

« Mais vous avez le temps », leur conseille-t-on.

Moi, à ton âge

Darius et Simon trépignent d'impatience : qu'est-ce qui les empêche de monter leur librairie, là, immédiatement ? Pourquoi « ça n'arrive pas » ? Il faut attendre. Mais attendre quoi ? Et combien de temps ? Simon ne supporte ni la Fnac, ni la fac. Pour ne pas s'ankyloser comme les compagnons endormis de son odyssée étudiante, Darius continue de danser au Centre du Marais dont les tarifs flambent comme l'immobilier parisien. Pour se les payer, il participe à des soirées événementielles sans intérêt dans lesquelles il finit toujours par y avoir un « instant salsa ». Il déteste la salsa. Il se sent agressé par les phrases répétitives des cuivres. C'est interminable. Comme les chansons de Mariah Carey qui ne s'arrêtent jamais, « Oooooouuuhhhhhoooooouhhhhh », et que tous les gens autour de lui semblent apprécier. Il a envie de hurler : « Mais ta gueule ! Ta gueule ! Ta gueule ! »

Il a envie de hurler la même chose aux adultes qui refusent de les soutenir, lui et Simon, dans leur projet de lieu incroyable. Face aux « ne vous précipitez pas, vous êtes jeunes, vous avez le temps », ou aux « vous voulez faire trop de choses à la fois, ce n'est pas possible », il hurlerait bien : « Mais ta gueule ! Ta gueule ! Ta gueule ! »

Comment ça, ce n'est pas possible ? Vous avez traversé la France en 4L et le Népal à dos de mouton, vous vous vantez d'avoir monté un commerce fulgurant, un café emblématique, un journal au culot, d'avoir fait un film avec rien, convaincu des financeurs à 20 ans, et vous osez nous dire : « Prenez votre temps ? » Vous nous bassinez avec vos souvenirs, avec vos vies incroyables où tout était possible et vous nous répondez, aujourd'hui, « ce n'est pas possible » ? Vous vous pavanez de votre réussite due à une prise de risque, à votre audace et vous nous répondez, aujourd'hui : « Ce n'est pas comme ça qu'on fait » ?

Pourquoi ? De quoi avez-vous peur ? Que nos histoires remplacent les vôtres ? Que l'on raconte des souvenirs à notre tour, noyant vos individualités dans la mémoire générale ? Alors, vous nous imposez une époque compliquée, faite d'embûches et de détours, d'obstacles et de questionnements sans fin, de doutes et de manque de confiance en nous. Une époque où il faut sans arrêt se référer à votre existence, à vos exploits, à vos souvenirs. Où il faut sans cesse se justifier et faire ses preuves selon *vos* critères. On ne peut rien faire sans se prendre de plein fouet la référence de votre vécu.

Vous ne voyez pas qu'on aimerait oublier ? Faire un peu abstraction de ce que vous avez fait, dit et voulu, pour apprendre. Faire de l'air, de la place. Un terrain vierge, neutre. Laissez-nous vous oublier un peu, pour qu'on vive et qu'on se rappelle plus tard.

Alors nous pourrons comprendre votre époque, où tout semblait réalisable. Et nous pourrons non seulement mieux appréhender la nôtre, mais tenter de faire quelque chose du futur. Ce futur qui semble nous glisser des mains, sur lequel plus personne n'a d'emprise, parce qu'il n'y a pas de place pour une autre lecture que votre propre mémoire autocentrée.

« À son âge », Alain semblait avoir tout lu, tout vu, tout connu, baroudé à travers le monde, c'était une sorte de Bernard Lavilliers de l'existence. Les voyages, les boulots, l'armée, comment ne pas avoir fait l'armée, les manifs, les grèves, les pavés, les idéaux, l'argent gagné facilement, la reconnaissance, les rencontres, le succès. À l'âge où son père et Alain traversaient l'Europe en 2 CV, Darius passait tout juste son bac. Quand Alain voyageait en Amérique latine, Darius n'osait pas partir un mois à Londres de peur de « perdre une année ». Quand Alain et son père bossaient pour la première fois « au culot », Darius recevait de l'argent de poche. Darius fait une démo de salsa dans des soirées de comités d'entreprise à l'âge où son père était déjà cadre.

Les Trente Glorieuses ont érigé des remparts de béton, les fortifications sont bien solides, Darius n'est rien d'autre que cette plantounette dont on s'étonne qu'elle ne meure pas instantanément entre ces murs.

Les parents, Alain, Gilbert, ils font partie de cette génération qui a l'air d'avoir tout connu, tout vécu, tout inventé, tout libéré. Tout libéré, à un tel point que Darius se sent dans une prison. Libre de ne rien pouvoir entreprendre, analyser ou espérer sans encourir le risque de la sentence des adultes autour de lui : c'est déjà vu, déjà fait, c'est moins bien, nous sommes encore là.

Devenir adulte à l'ère du numérique

Le temps de passer sa licence, les minidisques sont déjà obsolètes. On commence à télécharger sur Napster. Myspace révèle de nouveaux talents. On hésite entre conserver les DVD ou passer au Blu-ray, on ne sait que faire des VHS.

Darius fait partie de cette génération qui passe de l'enfance à l'âge adulte comme on est passé de l'analogique au numérique. Il a grandi avec les bases vibrantes des bandes magnétiques, des sillons des vinyles, l'oscillation d'un écran cathodique, les fils du téléphone que l'on enroule autour de son poignet pendant une conversation et les ampoules à filament. Puis les projections enthousiasmantes du numérique : plus de stockage en moins de place, rester informés, connectés, éclairer plus blanc mais polluer moins, téléphoner n'importe où, partager sa musique dans le monde entier.

Changer de millénaire à sa majorité, c'est être porté par le progrès.

Mais pour Darius, c'est allé trop vite. Les fondations sur lesquelles il reposait ont été balayées comme les tours jumelles. Il ne sait pas à quel événement s'associer, quelle cause rejoindre ni dans quelle partie de l'Histoire s'insérer. Il y en a tellement, tout semble important et vain à la fois. Comment choisir ? Comment hiérarchiser ? Comment savoir ce qui restera ? « Avant », chaque événement semblait trouver sa place pour s'inscrire sur une frise chronologique et dans les livres d'histoire. Lorsque ses parents relataient des anecdotes, celles-ci pouvaient facilement se graver dans des faits historiques auxquels ils avaient pris part. Même ce qui était compliqué était simple. À l'époque, il y avait des causes élémentaires à défendre, si limpides qu'elles n'impliquaient que deux camps : les bons et les méchants. On se battait contre le racisme, contre les anti-avortement, contre la peine de mort.

Et puis, une fois qu'on a obtenu tout ça, il reste les miettes complexes des grandes causes. Comment prendre parti sans avoir aussitôt le réflexe d'y voir toutes les conséquences éventuelles ? Le temps d'y réfléchir, d'autres événements génèrent d'autres causes et se bousculent. Finalement, on relaie quelques commentaires sur les réseaux sociaux, le cœur battant, en ayant l'impression que le monde sera au courant de notre insurrection et que l'on est sur le point de devenir une grande figure historique. Et puis, la vidéo d'un chaton jouant avec un cornichon fait le tour de la toile et balaie nos idéaux.

Sur Facebook, on lui propose de relever un défi : poster sept livres qui l'ont marqué.

Que sept ? Et qui l'ont marqué pourquoi ? Franchement, mettre *Viou* sur les réseaux, c'est un peu la lose. Ceux qui participent au défi convoquent des grands auteurs, des livres célèbres qu'ils n'ont sans doute pas lus. Et généralement, ils ajoutent un ouvrage rare d'un grand écrivain pour avoir l'air cultivé. « Tu n'as jamais entendu parler de ce livre ? Écoute, il n'est pas du tout connu, mais c'est une perle. »

Darius fixe son écran, sa bibliothèque, son écran. Peut-être devrait-il demander conseil à Simon. Pourquoi passer autant de temps sur ce défi débile ? Pourquoi cette pression, un si grand enjeu, là, d'un coup ? Comme si sa réputation internationale en dépendait. Comme si cela allait impacter des milliards de personnes. Dieu l'observe et le juge, il a pris la forme de milliers d'êtres humains. Ça va faire la une dans le monde entier : « Hey, Darius considère *Viou* comme l'un des plus grands livres du siècle ! » LOL ! MDR ! Smiley qui rit, smiley qui tire la langue. Commentaires haineux. Partages à outrance.

Attendez, se défendrait Darius, marqué ne veut pas dire plus grand ou meilleur ! C'est quoi cet amalgame ?

Paradoxalement, alors que tout est bien plus complexe que les grands sujets simples d'avant, il faut prendre parti sur tout, tout de suite. Il faut trancher, savoir immédiatement. Il faut être d'accord ou pas d'accord. Pour ou contre. Pas le temps d'approfondir : il doit se positionner, sinon, c'est qu'il ne s'intéresse pas au monde. Pire, c'est qu'il approuve ce qu'il désapprouverait sur le principe. Car toute expression de nuance est suspecte, se donner le temps de la réflexion, c'est déjà être dans le camp adverse.

Darius voudrait juste prendre le temps d'analyser et de comprendre, mais ce n'est pas le tempo du monde. Comme une étoile sur le point de mourir, tout événement brille plus vite et plus fort, trop fort, et puis, il est balayé par un autre. Sa destruction engendre une pluie de météorites : avis nuancés, construits et argumentés, mais qui se perdent dans l'infini.

PLAY.

Tapidouboum. Premières notes de contrebasse qui interpellent tout de suite l'émotion.

Tapidouboum.

« Personne ne sait ce qui se passe aujourd'hui parce que personne ne veut qu'il se passe quelque chose. En réalité, on ne sait jamais ce qu'il se passe. On sait seulement ce que l'on veut qu'il se passe. Et c'est comme ça que les choses arrivent. »

Le lecteur CD de la salle du Café de la Gare. L'intro de *Get Misunderstood* des Troublemakers.

Tapidouboum.

À chaque fois que quelque chose a bougé dans ce monde, ça a toujours été pour le pire ! Voilà pourquoi personne ne bouge. Personne n'ose provoquer l'avenir ! Faudrait être fou pour provoquer l'avenir.

Certains s'échauffent déjà, d'autres terminent de glisser leurs affaires en vrac sous les barres. La prof attend devant le lecteur CD que ses élèves soient placés.

Alors, il ne se passera jamais plus rien ?

Le cours va débuter. Un moment incertain où chacun prend place : le quinconce n'est jamais parfait. Il y a toujours quelqu'un qui ne sait pas se situer dans l'espace.

Pour Darius, c'est tellement évident de se positionner dans la salle de danse. Il connaît parfaitement l'ampleur de ses gestes.

Si, parce qu'il y aura toujours des fous, et des cons pour les suivre. Et des sages pour ne rien faire…

La nappe de musique, Darius ferme les yeux. Sa prof l'a toujours laissé faire son échauffement les yeux fermés, aussi interloquée qu'amusée. Darius est trop bon pour son cours, pas assez pour une véritable école professionnelle. Alors, de ses gestes parfaits, il ne danse que pour son plaisir.

Puis, uniquement pour libérer ses tensions.

Au fil des mois, plus rien ne le surprend.

Il craint de nouveau qu'au fur et à mesure qu'il devient adulte, il n'ait peur de ressentir et préfèrera se souvenir. Est-ce pour cela qu'il faut accumuler des choses à raconter ? Pour s'occuper parce qu'on n'éprouve plus rien ? Comme ses parents. Ses parents ont toujours eu tellement de choses à raconter qu'il s'est toujours demandé quand ils avaient eu le temps de les vivre.

Mais, de toute façon, puisqu'il évolue dans un environnement stable et sécurisant, il finira lui aussi par se fondre dans le moule tranquillisant des gens normaux. Mais comment ses souvenirs d'enfance et d'adolescence s'accorderont-ils avec un mode de vie posé et rassurant ? Jusqu'à quel point doit-il les enfouir ? Il se demande s'ils ne vont pas resurgir vers 40 ans, comme un diablotin qui sort de sa boîte. Le diablotin aurait ses souvenirs plein les bras et il les lancerait dans tous les sens, les éparpillerait, les jetterait au visage. « Je t'avais dit qu'il fallait des faits ! » Darius se trouverait dans un état de crise tel qu'il devrait alors tout quitter. Il ferait comme les adultes : il tromperait sa femme, ou la plaquerait pour une plus jeune, changerait de voie professionnelle, rentrerait tard du travail, serait occupé. Darius tenterait de le chasser et le diablotin déchirerait sa mémoire. « Alors, alors ? Qu'as-tu fait de tout ça ? Hein ? À quoi ça a servi de vivre si intensément si c'est pour devenir un zombie ? Une ombre ? Un fantôme ? » Et Darius hurlerait qu'il a essayé, mais qu'il a fallu faire des concessions, des compromis. Le diablotin lui rirait au nez avant de disparaître dans un nuage de fumée, emportant avec lui ses meilleurs moments à jamais, et laissant Darius ramasser seul les morceaux de sa mémoire déchiquetée.

À cette idée, toujours au milieu des danseurs en quinconce incertain, Darius se sent comme le pilote qui perd le contrôle de son avion. Le réservoir est touché, une fumée noire s'en échappe tandis que l'appareil tourbillonne.

« *My man's got a heart like a rock cast in the sea* », répète la chanson.

La chute libre. Les commandes ne répondent plus, l'alarme sonne, accentuant la panique, tout clignote sur le tableau de bord. Le crash est inéluctable, il sait que c'est la fin mais continue de se battre, espérant encore que le Serpent Néant soit juste en train d'hésiter avant de le remettre dans la chaîne de l'existence. Mais non, cette fois, ce serait la fin. La mort, une perle perdue. Trop tard. Darius tendrait la main, il allait justement s'y mettre ! Non. Trop tard. Il fallait te réveiller avant.

La proposition

« Darius, c'est Charline. Gilbert et moi avons remonté des vinyles de Cassis. »

Darius écoute le message en boucle. Il n'en revient pas : quelqu'un se souvient, même des années après, de sa relation avec Alain. Elle a existé autrement que dans sa perception intérieure. Il lui en est tellement reconnaissant.

« Prends-les. Caroline ne va pas les garder. Tu sais, finalement, elle vend Cassis. Ça fait des années qu'elle n'y va plus. »

Elle vend Cassis.

Darius reçoit un coup de poing dans le ventre.

« Caroline ne peut pas s'en occuper. Trop de choses à gérer », lui explique Charline.

Penser à la gestion de sa vie plutôt qu'à sa beauté. Pourquoi ?

La maison vendue, un collectionneur s'emparera des vinyles pour faire fortune au Disquaire Day. Dans une brocante, une famille achètera les dessus-de-lit côtelés qui ont perdu leur épaisseur au point de s'être évaporés par endroits. Elle prendra la vaisselle en verre teint, les verres aux personnages de dessins animés, les livres aux pages collées qui sentent le vieux papier épais. Les nouveaux propriétaires referont sans doute la porte de la baie vitrée en double vitrage, elle ne vibrera plus lors d'une rafale de vent ou du passage d'un camion sur la route un peu plus loin. Le dernier étage sera enfin isolé et le radiateur électrique des WC qui sent le brûlé dès qu'on l'allume, enfin changé. La baignoire rose de la salle de bains, à l'émail fissuré, sera remplacée par une douche à l'italienne. Le carrelage fleuri beige et marron sera brisé pour installer des mosaïques blanches. L'odeur des canalisations disparaîtra avec les traces de calcaire, le lambris, et la moquette usée des chambres. Le verrou de la cave sera remonté à l'endroit. L'odeur de fioul aura disparu. La cuisine refaite à hauteur standard. Les lavabos auront un mitigeur. On se débarrassera du tapis poilu qui épouse la forme des toilettes. On enlèvera les bidets, ça ne sert à rien. On désherbera le jardin sauvage en espalier. On réparera les dalles cassées de la terrasse, un coup de Kärcher pour enlever la mousse entre les joints. On arrachera les plantes entre les pierres. La rambarde rouillée sera repeinte. Et le canapé ocre qui sent la Suze, avachi sur le trottoir, attendra le passage des encombrants.

La proposition de Charline est un cadeau des dieux, se réjouit Darius. Athéna gagne toujours. Il n'avait jamais osé demander à Caroline de récupérer les vinyles. On aurait dit de lui qu'il est le stéréotype d'une jeunesse matérialiste et intéressée. Alors qu'avoir des disques, c'est une chose, mais avoir les disques d'Alain, c'en est une autre. Ces vinyles suintent Alain. Ils ont sa texture, son odeur, son empreinte.

Porté par la reconnaissance, Darius veut partager plus de choses avec Charline. La questionner sur sa façon de dessiner, comment elle crée ses mondes. Il voudrait lui parler de la danse, sa façon à lui de tracer quelque chose dans l'espace. Il veut plus de souvenirs avec Charline. Il est déjà tard, il pourrait le regretter, alors il se promet de s'y mettre. Il a du temps à rattraper.

Charline
L'âge adulte

« Le silence est la plus haute forme de pensée,
et c'est en développant une trace muette au
jour que nous trouverons notre place
dans l'absolu qui nous entoure. »

Christian Bobin, *Le Huitième jour de la semaine*

– Mon Dieu, 58 ans, c'est si jeune…

– Elle ne les faisait pas.

– Elle ne faisait pas d'excès non plus. Ce cancer, si vite, c'est incompréhensible.

– Les antidépresseurs donnent-ils le cancer ?

– Ah, salut, mon petit Darry. Comment ça se passe l'ethno ?

– C'est mon frère en ethno.

– Ah oui, désolé. Il faut dire que vous vous ressemblez tellement.

Quelle excuse merdique. Darius ne ressemble pas à son frère. Ses cheveux noirs bouclés, ses lunettes, sa silhouette longiligne. Son frère, plus petit, plus baraqué, ses cheveux bruns et ses yeux clairs. Ils ne se ressemblent que dans les souvenirs d'un ami de la famille qui ne les croise plus assez souvent.

Comment répondre à Gilbert, effondré, inséparable du trio qu'il a formé avec Alain et son père, que sept ans se sont écoulés quand il a l'impression qu'il n'en est passé que deux ? Comment lui signifier que le temps s'accélère ? Darius a peur de lui annoncer que comme le temps s'emballe, ce sera peut-être lui, Gilbert, le prochain pour qui on s'amassera devant le crématorium du Père-Lachaise. Il se contente d'un timide « ah, oui », et s'éloigne en faisant semblant d'avoir repéré quelqu'un dans la foule. Il perçoit, d'une conversation lointaine, « j'y vais un peu trop souvent ces temps-ci », « à notre âge, oui, c'est de plus en plus courant ». Darius regarde autour de lui, tentant de se donner une contenance. Il fait comme s'il réfléchissait à quelque chose d'intense, prend une posture de détective, de celui qui a un mystère à résoudre. Enfin il aperçoit ses parents. Cette fois, son frère est là. On se réjouit de sa présence, lui si rarement à Paris. Les sourires et les yeux pétillants détonnent avec la masse noire et triste de la foule amassée devant le cimetière pour dire au revoir à Charline.

Darius n'a pas été à beaucoup d'enterrements depuis celui d'Alain. Aucune personne proche, à vrai dire : la grand-mère de Simon, un grand-oncle qu'il ne voyait jamais et un autre ami de la famille, plus âgé. Que la mort soit brutale ou dans l'ordre des choses, Darius a remarqué que, quelles que soient les funérailles, la vie du défunt prend à chaque fois une dimension qui la fait rentrer dans le domaine des histoires, de la fiction.

L'enterrement de Charline, c'est de nouveau assister au condensé de la vie de quelqu'un. Pour Darius, c'est comme s'il lisait une biographie, ou regardait un de ces documentaires, type *Hollywood Stories*, sur telle ou telle star, dans lesquels s'alternent des interviews doublées et des photos avec un effet de mouvement dans l'image fixe. À l'époque de ces stars, quelques clichés suffisaient à faire rêver, à fixer des instants à jamais. Comment ferait-on un tel doc aujourd'hui, avec les 2 600 photos mensuelles stockées sur un smartphone ? Quel moment graver à jamais dans un *Hollywood Stories* ?

Darius s'imagine que dans un futur proche, une intelligence artificielle décidera pour nous ce qu'il est bon de retenir ou d'effacer de notre mémoire. Au départ, ce sera pour le bien-être personnel et puis, comme dans un épisode de série anglo-saxonne, on découvrira que cette intelligence artificielle appartient à une firme internationale qui trie nos souvenirs pour nous manipuler et nous faire consommer selon ses besoins. Mais cette firme sera elle-même dirigée par une autre intelligence artificielle qui prendra le pouvoir, un truc à la *Matrix* qui sonnera le glas de l'humanité. Pour parer à l'angoisse que lui procure un tel scénario, et surtout à l'angoisse qu'il ne serait pas foutu d'aller le proposer à un producteur ou à un éditeur, Darius se focalise sur un point : la photo de mariage de Charline et Gilbert, dans un cadre à côté du cercueil. La musique passe *My Prayer* par Dee Dee Bridgewater.

Enchaînement des hommages. Anecdotes qui font passer l'assemblée du rire aux larmes. Charline si drôle, Charline si belle, Charline si libre, si légère. Mariée à Gilbert à 26 ans, trois enfants merveilleux et en larmes, au premier rang. Darius, soudain envahi par l'émotion. Personne pour se retourner et lui dire : « Darius, coucou. » Gilbert, à la tribune, ravalant ses sanglots dans des hoquets. On dira qu'il aura été incroyablement digne. Il raconte leur rencontre, une sorte de coup de foudre. Gilbert est bel homme, élégant, franc. Le genre de type qui vous regarde toujours de face et vous serre la main ni trop fort ni mollement, ou qui vous met les mains sur les deux épaules pour vous faire la bise et prend un temps pour vous regarder droit dans les yeux. Gilbert, qui travaillait avec Charline au journal avant qu'elle ne fasse une pause pour les enfants. Il jette un œil prudent vers le cercueil et la remercie de lui avoir donné ces trois formidables enfants.

Donné ? Vraiment ? Darius ne comprend pas cette expression d'un autre temps. Ce sont *leurs* enfants, elle ne les lui a pas *donnés*. Ce n'est pas un cadeau qu'on offre à Noël ou à la Saint-Valentin. Ni un truc dont on se débarrasse comme un vieux vêtement : « Tiens, je te donne cet enfant, j'en ai trop et il ne me sert plus. » Un don d'enfant comme un don d'organe. « Tiens, je l'ai porté, maintenant je te le donne. »

Et puis, pourquoi lui donner si c'est pour s'en occuper seule la plupart du temps ? C'est plutôt une carrière qu'elle lui a donnée. À la naissance du premier, Gilbert prenait la tête de la rédaction du journal où ils travaillaient ensemble. Lors de l'arrivée du second, il acceptait d'être débauché par le service info d'une grande chaîne. Service dont il prendrait la direction aux deux ans de la troisième. Charline, elle, illustrait quelques articles et s'occupait des enfants. Bien sûr, il y avait les jeunes filles au pair. Mais quand même, si elle avait donné trois enfants épatants à Gilbert, ce n'était qu'à leur majorité, une fois leur éducation faite et leur autonomie affective aboutie autant que possible.

Et puis, poursuit en lui-même Darius, si elle les lui donne, alors elle ne les a plus ? Darius ne comprend pas. Pourtant, personne n'a l'air de s'en inquiéter. Pour tout le monde, c'est normal, alors qu'il semble, en ayant observé Gilbert et Charline, enfin surtout Charline, qu'il s'agit plutôt d'un don de soi. Un don de soi pour l'épanouissement de l'autre. Il l'avait vue qui s'ennuyait. Elle était venue plusieurs fois à Cassis. Elle riait, elle écoutait de la musique, dessinait et lisait, mais au fond d'elle, elle s'ennuyait. Il le voyait bien. Et puis, il y a eu leurs discussions, leur rapprochement lorsqu'il était allé chercher les vinyles chez elle. Et quand il y pense, soudain, elle lui manque terriblement.

Peut-on parler de ça à un enterrement ? De l'ennui ? De ce à côté de quoi on est passé ? Des désirs inassouvis, des projets avortés, des vies ratées ? Si on ne peut pas, alors de quoi parlera-t-on à son enterrement à lui ? Il imagine le crématorium plongé dans un silence glaçant : personne n'a rien à dire. On n'entend que le craquement infini et régulier du vinyle quand il faut le retourner.

Et soudain, la peur immense que ça ne se passe pas comme il le souhaite et que, de son cercueil, il ne puisse pas intervenir. Et si quelqu'un s'appropriait des instants partagés d'une autre façon ? Car qui racontera ? Si Simon meurt en premier, alors c'est lui, Darius, qui se retrouvera sur cette tribune à relater leurs meilleurs moments. Mais si c'est lui qui meurt avant ? Simon et lui choisiraient-ils la même anecdote ? L'angoisse frémit. L'ébullition commence.

On passe *White Rabbit* de Jefferson Airplane. *"One pill makes your larger and one pill makes you small"*

La chanson monte comme les sensations en Darius. La musique se propage en lui. De nouveau, des images de générique de film américain : un liquide se répand dans des artères. En se diffusant, la musique se mélange à une autre substance : l'anxiété, sur le point de l'asphyxier. La musique peut l'éradiquer, mais si elle ne dure pas assez longtemps, si on coupe le morceau, alors l'angoisse aura envahi son corps, elle aura gagné la bataille des substances qui occupent son espace intérieur.

Ça devient une obsession : comment parlera-t-on de lui à son enterrement ?

Quelle musique passera-t-on ?

Ne devrait-il pas préparer une playlist qu'il laisserait avec son testament ?

Doit-on faire un testament avant ses 30 ans ?

"*When the men on the chessboard get up and tell you where to go*"

Imagine, s'ils se gourent complètement.

"*And you've just had some kind of mushroom, and your mind is moving low*"

S'ils racontent des choses sans importance, s'ils passent à côté des vraies, s'ils mettent des photos qui n'ont pas de sens.

Pire, s'ils inventent des dernières volontés !

"*When logic and proportion have fallen sloppy dead*"

Charline souhaitait-elle une cérémonie religieuse ?

"*And the White Knight is talking backwards*"

Un curé ! Un curé dans ce cimetière !

"*And the Red Queen's off with her head*"

Elle aurait voulu, d'après ses proches.

Comment ça : elle aurait voulu ? Qu'est-ce qu'ils en savent ? Si elle n'avait plus foutu les pieds dans une église depuis ses 12 ans, si elle n'allumait plus de cierges… Il y avait bien une raison, non ?

Si Alain était encore là, il aurait certainement gueulé : « C'est vous qui le voulez ! C'est vous que ça rassure un rituel religieux ! »

"*Remember what the dormouse said*"

« Pas elle ! Elle n'en avait rien à foutre, putain ! » aurait poursuivi Alain.

"*Feed your head, feed your head*"

Si Alain avait dû parler, aurait-il révélé à l'assemblée qu'elle avait été sa maîtresse ?

Ergonomie d'une vie réussie

« Moi, la maîtresse d'Alain ? »

Le rire de Charline. Quand Darius l'avait retrouvée, quelques années plus tôt, chez elle et Gilbert pour y récupérer des vinyles après la vente de Cassis. C'était la première fois qu'il se rendait chez eux sans ses parents. Darius adulte, accueilli comme tel. Darius, reconnu par ses pairs. Lui-même n'y croit pas trop.

En entrant chez Charline et Gilbert, Darius perçoit l'appartement d'une tout autre manière que lorsqu'il y vient avec ses parents. Un appartement d'adulte, avec des objets que l'on n'a que lorsque l'on est adulte. Un couloir au plancher grinçant qui ouvre sur un grand salon où le parquet est peint en blanc, poutres apparentes, une mezzanine : c'est le coin bureau de Charline. Un canapé en cuir, cher, confortable, un tapis épais malgré les années passées à le piétiner. Sur la droite, le bureau de Gilbert : une pièce fermée remplie de livres, un bureau en bois massif qui contraste avec un fauteuil moderne ergonomique. Darius se demande si, passé un certain stade de l'évolution de sa colonne vertébrale, il aura lui aussi besoin d'un fauteuil ergonomique. Est-ce qu'il y a un âge où le confort prime sur l'esthétisme ? Étudiant, on mise sur le fonctionnel puis l'esthétisme, et, plus vieux, l'ergonomie. Darius se demande s'il aura les moyens de profiter de cette espèce d'âge d'or où l'on a la possibilité – dans son milieu – de s'offrir une décoration qui nous convienne sans se préoccuper des répercussions physiques à long terme.

Charline offre à Darius un café, un Nespresso. Finies les Bodum à piston et les cafetières américaines, les Nespresso harmonisent dorénavant tous les palais. Tandis que la cafetière vibre, Darius scrute l'appartement, comme pour vérifier qu'il est bien présent et que son enfance a bien existé. La cuisine ouverte est récente. Lorsqu'il venait plus jeune, les placards étaient en mélamine rouge et le plan de travail anthracite. Maintenant, les portes de placards sont beiges, on ne met plus les assiettes en hauteur, mais dans de grands tiroirs, comme les plats, les poêles et les casseroles. La cuisine est plus fonctionnelle, plus sobre, comme une fin de vie.

Pourtant, il reste des choses d'avant. Quelque chose que la tempérance, la pratique et l'ergonomique ne pourront pas prendre. Un objet de toujours. Chez ses parents, c'est une boîte de Quality Street dans laquelle on met la monnaie des courses. Chez Charline et Gilbert, c'est ce porte-parapluie en métal avec des cygnes et des roseaux. Ce porte-parapluie a toujours été là. De sa hauteur d'enfant, Darius avait observé un vieux Kleenex au fond. Quelqu'un avait dû croire que c'était une poubelle. Franchement, qui a un porte-parapluie chez soi ? Et en métal, qui plus est, à moitié rouillé à force d'y déposer des parapluies trempés. Avec ses motifs surannés, Darius s'était imaginé qu'il appartenait à la famille de Charline ou de Gilbert depuis des générations. Un décor digne des manèges anciens, ou des vieilles salles de spectacle. Puis Darius avait appris que c'était un de leurs cadeaux de mariage. Ses parents lui avaient raconté l'anecdote : un ami l'avait trouvé dans une brocante, mariage pluvieux, mariage heureux, il leur faudrait de quoi stocker des parapluies ! Voilà. Le porte-parapluie rouillé avec ses cygnes et ses roseaux vieux de deux cents ans, garant d'un mariage réussi. Ces objets ne devraient jamais disparaître, se dit Darius, ils sont les gardiens de notre existence. Ils prouvent qu'on était là, ils respirent notre présence.

Puis Charline emmène Darius dans le salon. Un coup d'œil furtif vers la chaîne hi-fi. C'est toujours la même : une Oceanic de ce gris caractéristique des années 70. Elle est en plusieurs éléments : ampli, platine, lecteur de cassettes. Le module CD d'un gris chromé années 2000 jure un peu.

Au pied d'une sculpture de bronze abstraite trônent les piles de vinyles rapportés de Cassis. Ils patientent, là, que leur nouveau propriétaire les approuve et les prenne. Ils évoquent à Darius des orphelins en attente d'une famille d'accueil. Des vinyles en exil, suite à la disparition de leur territoire.

Au départ, Darius en prend timidement un, le retourne pour analyser la pochette et s'y plonger sans vraiment lire le contenu. Les mots, les dates, les titres et le lieu de pressage, tout ça est transparent. Ce que Darius voit, en tenant le disque, c'est Alain. La main d'Alain s'est posée sur la sienne. « Écoute ça, ta vie ne sera plus la même ensuite. » Darius ne peut pas écouter un morceau sans le dissocier de la voix d'Alain. « Oh, là, là, tu vas voir. Ce moment !

Ce moment ! » Darius feuillette les pochettes successives, le visage d'Alain se superpose à ceux de Muddy Waters, Elvis Presley, Charlie Parker, Keith Jarrett, Janis Joplin ou Otis Redding. Ses commentaires, mots ou onomatopées, viennent se glisser entre les notes et parcourent les sillons des vinyles. Darius, officiellement adulte, en voie de se fixer dans la vie, ressent encore ses émotions comme un adolescent. La tristesse, l'incompréhension et la nostalgie résonnent dans ses espaces intérieurs et viennent percuter ses os, ses muscles. Son corps, comme une cathédrale vide. Mais il a appris, depuis le temps, à ne rien laisser paraître.

Alors qu'ils sont assis par terre au milieu des vinyles étalés au sol, Darius tente : « Vous avez été heu… amants. Alain me l'a dit. » Charline se redresse dans un mouvement de surprise, telle une danseuse de boîte à musique quand on l'ouvre, et le fixe de ses grands yeux : « Moi, la maîtresse d'Alain ? Ha, ha, ha ! Mais pas du tout. » Elle lui explique : c'est vrai qu'ils avaient une relation particulière. Ils étaient très proches. Ça aurait sans doute pu, mais ça n'a pas. Sûrement parce que l'ambiguïté était plus délicieuse que le passage à l'acte. Peut-être parce que la concrétisation d'une attirance mutuelle aurait mis fin à toute amitié.

Elle lui parle avec un détachement et une lucidité exagérés.

Car Darius avait vu, lui. Il avait assisté à ce qu'il se passait entre eux. À la densité de l'air qui se modifie lorsqu'ils sont dans la même pièce, lorsqu'ils échangent un regard. Lui, de dos, fumant à la fenêtre, elle allongée sur le canapé ocre qui sent la Suze, en train de lire. Il avait vu, lorsque ses parents les invitaient à dîner, la réaction chimique qui émanait malgré la présence de Gilbert. Deux éléments séparés qui, lorsqu'ils se rencontrent, créent une nouvelle matière. Comment appeler cette matière ? Amour, amitié, désir, lien ?

C'est comme une tempête immobile. C'est comme ces scènes dans les films fantastiques où tout se fige, tout est en suspens, les gens et les objets flottent dans l'air avant que tout explose. Mais entre Alain et Charline, ça n'explose pas, jamais. Tout reste en suspens, comme ça, et puis ils se séparent, on dirait qu'ils font un peu la gueule. Des fois, ils ne s'adressent pas la parole, ils ne se calculent pas, comme s'ils s'ignoraient ou même se détestaient.

Parfois, on dirait qu'ils en ont marre, qu'ils sont fatigués. Épuisé, chacun s'isole et semble faire croire à l'autre que ce qu'ils vivent n'existe pas. Qu'ils se sont trompés. Comme ça doit être énervant de ressentir autant sans savoir qu'en faire. Comme ça doit être lassant de ne pas trouver de cadre à ce que l'on vit.

« Désir ou amour, tu le sauras un jour… »
Ou pas.

Charline.

Personne ne sait tout ce qu'elle a traversé. À ses funérailles, quelqu'un évoque Alain comme « un ami proche » du couple qu'elle formait avec Gilbert. C'est tout. Personne. Personne pour rendre hommage à cette relation unique et merveilleuse, troublante et incompréhensible. Il ne persistera rien de cette formidable énergie déployée entre eux. Personne pour se rappeler la tendresse, les regards, les rires. Ces instants où une vibration tangible les reliait avec un magnétisme déconcertant. Personne ne peut nommer cette substance qui circule entre les êtres sans trouver où se loger.

Personne pour savoir qu'elle a pleuré, certains après-midis. « Suis-je folle ? », *Nights in White*

Satin des Moody Blues rythmant ses sanglots. Comme une adolescente. À plat ventre sur son lit, elle questionnait un dieu en qui elle ne croyait pas. Dans un langage ecclésiastique issu d'un imaginaire suranné, d'une éducation lointaine et de lectures, elle interrogeait « le Seigneur » : « Que m'infligez-vous ? » Pourquoi ressentir des émotions inclassables ? Pourquoi n'était-ce pas simple ? Pourquoi n'était-ce pas comme on le lui avait appris jeune fille ? Les relations entre les hommes et les femmes se divisent en deux catégories : l'amour où l'on ressent du désir (mais pas trop sinon ça devient passionnel et destructeur), et l'amitié qui est chaste.

Elle confie à Darius qu'elle a souvent ressassé pour essayer de comprendre cette amitié ambiguë non formulée et si incertaine. Quelque chose dont on ne nous parle jamais. Quelque chose qui n'existe pas dans les contes de fées.

On ne nous raconte jamais ça, dit-elle avec un regard si grand qu'il semble engloutir Darius, toutes ces formes d'amitié, toutes ces formes d'attirance, toutes ces possibilités. On nous apprend : l'amour, la passion, l'amitié. Ils ne peuvent pas se mélanger, l'un annule l'autre, c'est comme une loi physique.

Un discours d'adulte, entre adultes.

Darius se lance : Et si, au contraire, amour, désir et amitié étaient trois composantes de l'être humain qui doivent se mélanger pour enrichir nos rapports ?

Comme les quarks qui se rassemblent pour former un hadron ou un baryon, pense-t-il, ces trois sentiments se rassembleraient pour former une relation. Darius a l'intention de décortiquer de quoi est constitué ce qui circule entre eux et quelles sont les forces qui opèrent. Les voici, les fermions qui forment la matière, les bosons qui la modulent. Vecteurs de forces, ce sont certainement eux qui agissent sur les particules qui composent Alain et Charline. Les bosons, les gluons, comme le petit bonhomme métallique souriant dans *Téléchat*, et les photons qui véhiculent la force électromagnétique. Ils doivent être sacrément déchaînés dans ce type de relation ! À moins que ce soit un boson de l'illusion qui opère, ou un photon diabolique et malintentionné qui transmettrait un éclairage faussé sur les possibilités entre Alain et Charline.

Ce n'est pas si simple, murmure-t-elle.

Son regard s'égare au milieu des disques, puis sur le tapis épais.

Elle se revoit, perdue, sans comprendre ce qui lui arrive, se posant mille fois la même question : désire-t-elle Alain ? Elle a tellement peur de franchir un cap irréversible. Elle imagine Alain lui dire « ce n'est pas ce que tu crois », s'excuser de ne pas vouloir aller plus loin avec elle, elle très gênée, et puis la distance, l'horrible distance, leur relation s'étiolerait, ce serait affreux. Plutôt rester dans l'incertitude.

Elle a même fait un rêve érotique avec Alain et n'a jamais osé lui en parler, confie-t-elle à Darius en levant les yeux vers la sculpture. Ce rêve a ouvert une porte, un monde.

Darius n'en revient pas que Charline se livre aussi ouvertement alors qu'il se sent « le fils d'un ami », de l'âge de ses enfants à elle, qui plus est. Il est là, invité sans ses parents, en tant qu'individu autonome, et il lutte pour ne pas se sentir obligé de rester enfant à tout jamais parce qu'elle l'a connu plus jeune. Le regard de Charline devrait toujours être accompagné de celui de ses parents, le condamnant à rester éternellement *le petit Darry*, mais voilà qu'elle balaie cette perception. Dans chaque phrase que prononce Charline, il a l'impression d'entendre : tu es adulte maintenant, on peut communiquer d'égal à égal.

Lui qui croyait devoir toujours et indéniablement traîner ce boulet du jugement d'avant.

De toute façon, Alain a fini par s'installer avec Caroline, se remémore Charline.

Qui est-elle, elle, Charline, pour briser un couple ? Même si Alain n'a eu besoin de personne pour briser ses couples successifs, elle ne veut pas y contribuer, et encore moins détruire son couple à elle. Alain, ami de Gilbert, et après ? L'effondrement, un dérèglement de la matière, les amitiés brisées. Fini, l'innocence, la légèreté.

Ils sont devenus amis, proches, c'est agréable. Même si leur amitié est teintée par l'erreur d'aiguillage. Ça aurait dû arriver, mais ça n'est pas arrivé. Ça n'aurait pas dû arriver, mais c'est arrivé.

Et puis Charline, pétrie de honte d'avoir ressenti un désir qu'elle croyait à sens unique, feint l'indifférence.

Que deviendra ce désir ? Pourquoi le condamner à errer dans les limbes de l'inaccompli ?

Peut-être que la parole aurait suffi. « Écoute, je sais que nous savons, mais je ne sais pas quoi faire. »

Des fois, ils se rapprochent, puis leurs regards se perdent, leurs gestes s'écrasent au sol comme de vieux insectes.

L'onde du désir

Charline voudrait créer une réalité à part, et qui n'aurait aucun impact sur le reste. Une bulle. Un espace où explorer cette vibration, cette distance entre elle et Alain, ces forces qui maintiennent le vide. Il faut un écart pour que quelque chose émerge, mais il faut aussi une collision, un choc. Et ce putain de choc n'arrive jamais.

Charline se souvient. Ils sont dans une maison en Corse avec leur conjoint respectif. Gilbert ressert un verre à Caroline qui vient de s'allumer une cigarette. Elle est belle dans sa robe légère, les cheveux encore mouillés du dernier bain de mer. Les apéros sur la terrasse qui surplombe la baie. Les nuits chaudes sous les étoiles. C'est vraiment trop tard maintenant. Charline imagine, elle se fait tous les films en boucle. A-t-elle rêvé ? Maintenant, tout ce qu'elle veut, c'est sortir du doute. Impossible qu'elle ait ressenti quelque chose à sens unique. Il y a forcément un fondement. Si la vibration est passée, c'est bien qu'à un moment ou à un autre, c'était vrai.

Si ça se trouve, cette vibration est une onde comme une autre et elle l'a attrapée par hasard. Ce n'est pas leurs corps qui ont généré cette énergie, mais l'inverse : cette énergie du désir existe, elle est dans l'air. Comme le wifi. L'image de la Terre entourée d'ondes invisibles à l'œil nu lui apparaît. Oui, voilà, c'est ça : le désir est une onde invisible à l'œil nu qui circule autour de la Terre, et parfois on peut la choper.

D'ailleurs, ça pourrait être le cas pour d'autres émotions. La tristesse sans raison, la mauvaise humeur, des lieux qu'on ne « sent » pas… Ne dit-on pas : il y a de l'électricité dans l'air ? Ou d'un endroit qu'il est « chargé » ? C'est peut-être tout simplement ça. Elle, Charline, a chopé l'onde du désir alors qu'elle était auprès d'Alain. La vibration passait. Lui a su s'en débarrasser, pas elle. Parce qu'on est différents, c'est comme les UV : certains bronzent plus facilement que d'autres, un point c'est tout.

Surtout que cette onde s'est déjà présentée de façon impromptue à Charline, elle l'a l'évitée de justesse parce qu'elle sentait la relation potentiellement dangereuse. Elle se revoit, vers 22 ans, dans le bureau de son directeur de mémoire, tout est normal et soudain, une tension inhabituelle s'installe dans la pièce. Elle se sent envahie d'un trouble, elle pourrait perdre pied, surtout qu'il la regarde avec une intensité nouvelle. Mais elle décide de bloquer ce flux, elle se raidit et coupe court à toute ambiguïté.

Cette même vibration s'était présentée dans le bureau de Gilbert, au journal, en fin de conférence de rédaction, ils étaient seuls, elle avait ouvert les vannes et ils s'étaient sautés dessus.

Du reste, il lui est arrivé plusieurs fois de ressentir ce chavirement et de s'y abandonner avec d'autres hommes. Elle sait donc percevoir cette onde.

Dans le salon de la rue Keller, Darius se plonge dans l'observation de la pochette d'*Ella and Louis*, mythique duo qu'ont formé Ella Fitzgerald et Louis Armstrong. Il prête la même complicité, la même joie de vivre à Charline et Alain. Il les imagine dans une autre dimension. Pour y accéder, Charline utiliserait la force du graviton, ce boson responsable de la gravitation dont on soupçonne la présence mais que l'on n'a pas encore observé. Certains doutent de son existence, comme on douterait de celle de Dieu. Bien qu'à l'échelle microscopique, le graviton soit la plus faible des interactions fondamentales (les autres forces transmises par les bosons), plus on va vers le grand, plus son interaction est forte. Il est difficile de se faire à l'idée qu'une minuscule particule soit si puissante. Mais sinon, comment expliquer que les choses se maintiennent entre elles ?

Plus il y a de gravitons dans le champ gravitationnel, plus ce champ est puissant. Il doit y en avoir beaucoup dans le champ gravitationnel entre Charline et Alain pour que ça la mette dans des états pareils, se dit Darius. Si seulement elle pouvait les utiliser, ces gravitons ! Il l'imagine voyager à bord d'un graviton, une petite capsule spatiale qui l'emmènerait découvrir les possibles. Il paraît que les gravitons déforment l'espace-temps sous l'effet de l'énergie de la matière qui s'y trouve. Si elle changeait de matière, peut-être disposerait-elle de l'énergie nécessaire pour retrouver Alain dans cette autre bulle parallèle tant espérée. Elle pourrait voir ce que ça fait pour être soulagée avant de retourner dans sa vie normale.

À moins qu'elle n'ait déjà embarqué à bord d'un graviton lorsqu'elle fantasme, espère, rêve et imagine ?

Car elle imagine : c'est le soir, ils sont tous les deux sur la terrasse. Il est venu la voir. Comment la discussion se lance, elle n'en sait rien. Mais il lui dit. Il lui dit qu'elle ne s'était pas trompée, que ces voix qu'elle entendait ont foutu la merde. Elle imagine ces mots avoir le même effet sur son corps que les caresses et les étreintes. La vérité, enfin, qui libère.

Mais après ? Comment continuer quand on a nommé ? Comment rester proches une fois que l'on sait ?

Le rêve de Charline part en fumée comme un nuage qui disparaît dans un cartoon. *Pouf.*

Tenues

Darius vient d'abaisser l'aiguille sur la première piste du *Concert By The Sea* d'Erroll Garner. Charline ferme les yeux. Les notes du piano martèlent comme les battements de son cœur. D'autres notes, à un autre niveau, un peu au-dessus, tremblent, fébriles: son trouble. Puis la précision de sa vision. Une excitation viscérale, animale, la jouissance puissante de se sentir vivante. Elle s'imagine danser pieds nus, portant une grande robe fluide. Elle aurait la peau mate, gitane filant sur le clavier jusqu'aux bras d'Alain. Irrésistible. Gilbert l'aurait regardée, impuissant de s'être montré autocentré, de l'avoir négligée. Elle trépigne, fiévreuse, son cœur bat la chamade, ses pieds s'agitent, un essaim d'abeilles bourdonne dans son ventre, elles vibrent jusque dans sa poitrine. Tant d'intensité.

Darius se lève pour se dégourdir les jambes, se dirige vers la fenêtre, s'étire en regardant la vue, et esquisse quelques pas malgré lui.

Elle se souvient : Alain l'a invitée dans la maison de Cassis. Gilbert les rejoindra aussi quelques jours, mais pour l'instant, il a du boulot. « Si on m'avait dit. Le meilleur ami de mon mari. C'est d'un banal… » Elle est atterrée d'en arriver là.

Charline se prépare. Elle mobilise tout son être pour cette semaine où elle projette tout. La préparation est plus longue que le séjour lui-même. Et encore, si on compte le temps passé à se faire des films…

Depuis deux jours, ses vêtements sont étalés sur la banquette de leur chambre. Il y en a trop. C'est sa technique : mettre à plat tout ce qu'elle envisage de porter, puis enlever au fur et à mesure ce qu'elle ne mettra pas. Trop de robes, trop de pulls. Trop de « si jamais ». Trop de « peut-être que ». C'est comme si chaque vêtement portait la probabilité d'un dérapage. « J'aurais cette tunique et il me regarderait », « je porterais cette robe, nous irions dîner et nous marcherions ensuite sur le chemin de terre », « c'est de cette chemise dont il déferait les boutons un à un… »

Quelle idiote ! Arrête ! Ça suffit. Elle prend la

chemise et la range dans la penderie : « Si je ne la porte pas, il ne se passera rien et comme ça, tout sera plus simple. »

Ses émotions s'affolent comme les notes du piano d'Erroll Garner. Elle saute à pieds joints sur le parquet comme une petite fille. Elle bondit sur le lit conjugal, faisant tomber une partie des vêtements, agite ses pieds en l'air, mord dans un oreiller. Une danse folle, possédée, pour tenter d'évacuer ces vagues d'émotions qui viennent se fracasser au plus profond d'elle-même.

Charline se revoit sur le canapé ocre. Elle fumait un joint avec Alain, ils avaient discuté en écoutant *Heroin* du Velvet. Ils riaient, elle avait esquissé quelques mouvements d'une danse improvisée, on aurait dit une scène de film. Elle aurait voulu être filmée à ce moment-là, pour que les générations futures puissent visionner la bobine et découvrir à quel point elle était belle, heureuse, épanouie. Elle voulait qu'il n'y ait pas que les actrices que l'on trouve éternellement belles. À ce moment, elle était au moins une Mia Farrow ou une Jane Fonda sans qu'on n'ait besoin ni de la maquiller, ni de l'éclairer. La mise en scène était faite naturellement, peut-être y avait-il un réalisateur au-dessus. Peut-être cette scène finirait-elle dans la cinémathèque des dieux. Elle, se levant du canapé ocre, le joint à la main, la fumée dans le rayon de soleil, le Velvet, ses pas, sa petite danse, ses cheveux dans les yeux. Elle, Charline, ondulant au milieu du salon avec une robe qu'il aurait pu, ou dû, faire glisser le long de son corps infini, était digne d'une scène de cinéma.

Mais personne à part Alain n'en avait profité. Et encore, était-ce pour lui une scène du même acabit ? Là où elle se voyait en star hollywoodienne, ne voyait-il pas juste sa bonne copine un peu défoncée, pataude, en train de se mouvoir au milieu du salon ?

Et soudain, tout prend une autre tournure. Ce moment de grâce cinématographique devient la honte absolue, une tentative de séduction maladroite et inappropriée. Alain a eu pitié et n'a rien dit. Voilà. Non, elle ne mettra pas cette robe qu'elle aurait voulu qu'il fasse tomber. C'est totalement déplacé. Quelle honte. Comment a-t-elle pu, ne serait-ce qu'une seconde, imaginer qu'il y ait quoi que ce soit entre eux ? Elle remet au placard deux paires de chaussures et un short. Il y a encore beaucoup trop de tee-shirts.

Elle se dirige dans la salle de bains. Tout doit être parfait. Les cheveux, le vernis sur les orteils.

Le ventre. Ce satané ventre qui n'est vraiment plus plat du tout.

– Tu plaisantes, lui dit régulièrement Gilbert, à quoi sert un ventre plat à ton âge ?

– À m'habiller comme je veux.

– Tu ne vas pas t'habiller comme une ado, non ?

– Je n'ai pas dit que je voulais m'habiller comme une ado.

Ils s'étaient engueulés. Elle ne peut pas lui dire qu'elle veut être belle pour s'imaginer encore et encore des moments de cinéma qu'elle conditionnera dans sa banque imaginaire des scènes d'anthologie auxquelles elle seule a accès.

Elle pourrait rester là, des heures, à rêver au milieu des vêtements qui n'assisteront jamais à ces moments fous.

Les eaux profondes

Enfouis, enfouis bien profond. Enterre, enterre ce désir, c'est trop honteux. Ce que Charline ressent est d'une force telle qu'elle préfère l'ensevelir sous une chape de béton, pire que des déchets radioactifs. Ça ressortira dans trois mille ans et ça détruira l'humanité. Tu vois bien que c'est l'Autre qu'il veut. Ces coups d'œil, cette tentative d'aller vers toi, tu les imagines. Tu inventes une connexion pour te rassurer, mais cette proximité n'existe pas. Tu aimerais qu'elle existe, mais non.

Pourtant, elle a senti ! « J'ai senti cette matière entre nous, ce courant chaud. Je n'ai pas rêvé ! » Il y a bien quelque chose. Peut-être, oui. Ça peut arriver. Mais le diablotin est partout : toi seule as envie de transformer l'essai. Toi seule as envie de jouer avec le feu. Lui, c'est un autre feu qui l'anime. Tu es dans sa sphère, c'est sympa, mais c'est tout. Lâche-le maintenant. Regarde-le partir avec l'Autre. Écoute bien, ma cocotte, tu t'es fait des gros films. Tu as ressenti un courant passer, mais je vais te dire, moi : il n'est passé qu'une fois. Et toi, tu t'y accroches parce que tu n'as rien d'autre. C'est à sens unique. Tu as besoin de cette vibration, alors tu cours après, tu essaies de la recréer, mais lui ? Arrête. Laisse Alain rencontrer Caroline. Quelle conne. Comment ai-je pu croire quoi que ce soit ? Pour qui est-ce que je me prends ? Et le diablotin rit de plus belle. J'ai gagné, j'ai semé le doute. Et toi, tu m'écoutes. C'est tellement facile. Son rire résonne dans la tête de Charline, où qu'elle soit. Il faut qu'il sorte, que ça s'arrête ! Le diablotin rit et se gorge du peu de sève qui anime encore Charline.

Charline devient folle. Si seulement, *si seulement* Alain et elle pouvaient en parler ! Au moins pour être sûre. Elle ne veut plus calmer son désir, mais satisfaire sa raison. Apaiser son esprit. Être sûre que ce qu'elle a imaginé, ressenti et fantasmé est fondé. Justement, on peut parler puisque tout est verrouillé par la bienséance. Lui et Caroline, elle et Gilbert, leurs trois enfants, les 50 ans. La terrasse qui surplombe la baie. Tout est en ordre. Tout est construit. C'est du solide. On pourrait savoir sans franchir le pas, non ? Elle veut juste savoir. Savoir si elle est vraiment folle et a basculé dans une réalité déformée, une réalité qu'elle est la seule à percevoir, qui la rend incapable de gérer des émotions qui déboulent comme une avalanche et la submergent au point qu'il vaut mieux s'isoler dans ses rêves.

Elle rêve, voilà qu'elle rêve cette fois-ci : ils se regardent et puis à un moment, ça dérape.

Si proches. Les corps se touchent avant la bouche. D'abord, une densité, une légère odeur, un arôme, comme un fumet. Ce mélange de transpiration de parfum, de cigarette et d'alcool. La texture des lèvres. Chaque baiser est unique et tous se ressemblent. Un peu plus de cigarettes et d'alcool, et un je-ne-sais-quoi, autre chose, une saveur nouvelle, un accès à lui. Autrement. Un baiser comme les autres et comme aucun autre. Ce premier baiser, la descente du grand huit, le cœur et l'estomac qui bondissent. Le frémissement. Tout se dérobe. Le vertige. Ça y est, on le fait ! Ce point de contact, ce point de non-retour. Ce point, à l'origine de tout. Ça y est, on s'embrasse, putain ! Cette voie intérieure qui mouche toutes les autres. Celle qui renvoie le diablotin dans sa boîte et la ferme à double tour. Tu avais raison, tu ne t'étais pas trompée, ce que tu ressentais était juste. La pression des deux corps l'un contre l'autre. Ça ne devrait jamais s'arrêter. Les mains qui glissent dans les cheveux. Ne pas aller droit au but, même si c'est ce qu'on veut. Si on a attendu toutes ces années, autant faire durer le plaisir. Le cou, la nuque. Cet endroit, entre les omoplates, qui la fait tant frissonner. Elle en avait frémi quand elle l'avait vu mettre ses mains à cet emplacement sur Caroline, mais maintenant, c'est sur elle qu'il s'attarde. Comment ce baiser est-il survenu ? Charline ne sait déjà plus. Elle voudrait revenir en arrière, revivre encore cet instant d'assouvissement. Ce sommet des montagnes russes, cette seconde éternelle, ce « enfin, ça y est ! C'est en train d'arriver ». Ne pas se réveiller, remettre le morceau en boucle et ne jamais le couper. Sa main qui descend le long de son dos. Une pression à chaque étape, comme un rappel pour faire durer ce baiser encore plus longtemps. Elle se cale sur ses gestes comme pour dire « ça me va, ce que tu proposes me va complètement ». Elle glisse ses mains sous son tee-shirt. Ce qu'elle préférait adolescente, c'était passer les mains sous les tee-shirts de ses amoureux. La peau est si douce. Ce geste marque une proximité, mais laisse encore tant de possibilités. C'est ce qu'elle cherche, toujours : une proximité où tout reste possible. C'est pour ça que ce baiser devrait durer éternellement. Elle aimerait mourir, là, tout de suite, prendre la forme d'un rocher, comme ces amoureux pétrifiés dont sa grand-mère lui racontait l'histoire quand elle était enfant. Car ce baiser s'arrêtera, ils se regarderont, hébétés, heureux et incertains. Après, rien ne sera plus jamais comme avant. Après, ce ne sera plus jamais la montée, ce plaisir de l'ambigüité puis du claquage.

Toute sa vie, elle courra après cet instant d'éternité. Avec les hommes, elle fera monter l'ambigüité jusqu'à son paroxysme pour ce plaisir de la briser. Mais jamais, jamais ça ne sera comme ce baiser avec lui. Elle pensait s'être fait des films comme le lui avaient suggéré ses voix et ce diablotin stupide. Elle n'y croyait plus, elle était passée à autre chose et aurait baissé la garde. Ce lâcher-prise l'aurait en fait rendue complètement disponible. Ce moment où ils se seraient embrassés l'aurait surprise avec une telle force, une telle intensité qu'il aurait rassemblé tout ce désir retenu depuis si longtemps. D'abord, le soulagement, la libération. Et puis, immédiatement, l'angoisse : « C'est fini. Plus jamais. Plus jamais je ne ressentirai ça. »

Et *pouf*, le nuage du rêve explose, comme dans une BD.

Dans le salon, Darius prend soudain conscience qu'il s'est mis à danser au milieu des disques pendant que Charline était dans ses fantasmes. Oh, pas une grande danse, juste quelques pas qui, soudain, lui semblent incongrus et extrêmement gênants. Il s'arrête net et plonge son regard dans les yeux océan de Charline : Ça me semblait crédible. J'y croyais, moi, à votre relation.

Charline observe Darius avec attention. Il y a donc un endroit où c'est vraiment arrivé, où le rêve s'est réalisé. C'est dans la réalité de Darius que ce qu'elle imaginait avec Alain a pris corps.

Silences

Charline, passant sa main dans ses cheveux, formule un « il est quand même gonflé de t'avoir fait croire une chose pareille ! » faussement amusé.

Entouré des vinyles, Darius n'en revient pas. Il se rassied en tailleur face à Charline. Pourquoi Alain lui avait-il dit qu'elle avait été sa maîtresse si ce n'était pas vrai ? Pour qui inventer un secret ? Voulait-il transformer un fantasme en souvenir ? Un mensonge qui révèle une vérité profonde, intransmissible.

Les disques sont étalés sur le sol. Du *Concert By The Sea,* on n'entend plus que le souffle des enceintes reliées à la platine Oceanic. Charline est pensive. C'est comme si cette relation silencieuse révélait le lien indéfectible qu'il y aurait entre eux. Les pensées envahissent la pièce et teintent ce tri de disques en tri de regrets.

Il existe pourtant un tas de désirs inassouvis et d'occasions manquées. Des regards croisés, des gestes, des croyances, des malentendus. Des mondes emprisonnés dans des corps pétris de schémas sociaux, de blocages, de peurs. Des réalités qui sont allées se loger ailleurs, autrement, qui ont pris une autre forme que le vécu : le fantasme, l'attente, l'espoir, le regret. Pourtant si réelles puisque ressenties. Darius a précisément entendu Alain formuler : « Charline et moi avons été amants. » Par ces mots, la relation existe. Alain s'est imprégné de ces mots, ils ont pénétré Darius. Amants. Cela veut bien dire qu'ils se sont aimés, peu importe sous quelle forme, quand et comment.

Alain et Charline, reliés par le silence. Le non formulé. Charline et Alain, réunis par la plus haute forme de pensée, sur ce canapé ocre qui sent la pistache et la Suze, dans la maison de Cassis. De quoi est-il fait, ce silence ? De gravitons de silence ? Ce silence de l'irrévélable qui induit forcément l'existence de quelque chose. Il semble à Darius que ce qu'ils veulent taire est plus présent que jamais. Que ce désir silencieux, qu'ils tentent d'effacer, de rendre invisible aux yeux de qui que ce soit pour éviter un tsunami dévastateur, est en fait la trace qu'ils laissent.

Mais s'ils avaient mis des mots sur ce qui se passait entre eux, la parole aurait certainement laissé la place à d'autres silences. Qu'est-ce qui continuerait alors de circuler entre eux qui n'aurait pas été formulé ?

Les eaux encore plus profondes

Charline.

Il s'est réveillé. Elle l'a entendu passer dans le couloir, les bruits dans la cuisine : ouvrir le placard, sortir une tasse, le son de la machine Nespresso. Gilbert boit son café. Il ne vient pas la voir. Ce n'est pas la peine. Elle fait partie des meubles. Est-ce qu'on salue, tous les matins, les meubles de sa maison ? Elle sent l'horrible pincement dans sa poitrine, l'humiliation, la rage, la tristesse. La déception. « Alors ça y est. Nous aussi. Moi aussi. Je fais partie de ces femmes délaissées. Même pas pour une autre, une nouvelle, une plus jeune, non. Pour personne. Juste dédaignée, comme ça. » Si elle entre dans une pièce, il en sort. Le ballet incessant de l'évitement. Elle ne comprend pas. De quoi est-il lassé ? Qu'a-t-elle fait ? Depuis quelque temps, il ne la regarde plus dans les yeux.

Il fuit les échanges en tête à tête. Chacun dort à une extrémité du lit, même au risque de tomber. Mieux vaut tomber que se heurter.

L'ennui. Le terrible ennui et l'incompréhension. Elle est recalée sans savoir pourquoi. Elle lui a donné ce qu'il voulait : la joie des débuts, des enfants, quelques voyages et la sensation de consolider une relation. Et puis voilà. Qu'apportera-t-elle de nouveau à sa vie ? Rien. Rien d'autre que des questions logistiques, des démarches administratives et des discussions sur leur entourage, ou sur leurs points de vue politiques convergents. Maintenant, il la considère comme usagée.

Elle aurait juste voulu qu'il passe par cette « pièce » où elle dessine. Il aurait posé ses mains solides sur ses épaules, ça l'aurait rassurée instantanément, « ça va ? Tu as bien dormi ? » et aurait eu un geste tendre. Elle aurait levé la tête et ils se seraient embrassés. Juste un simple baiser, même du bout des lèvres. Et ensuite, chacun aurait pu vaquer à ses occupations en sachant qu'ils peuvent compter l'un sur l'autre.

Au lieu de ça, son crayon s'est arrêté, et elle ressasse : Pourquoi ? Qu'ai-je fait ? Que n'ai-je pas fait ? Qu'aurais-je dû faire ? Que suis-je devenue ? Un meuble ? Quel meuble ? Elle s'imagine comme une commode, une vieille commode dans laquelle il range les souvenirs de leur histoire, quelques affaires dont il a encore besoin, deux, trois choses qu'il n'arrive pas à jeter ou qu'il voudra peut-être ressortir un jour. Elle, une commode dont les tiroirs débordent des traces de leur couple et de leur vie commune. Et de paperasse. Cette putain de paperasse du quotidien qui détruit leur relation. Ce n'est même pas les enfants, non, les enfants sont grands. Ils ont évité ce genre de crise et en voici une plus redoutable encore. La crise de la paperasse.

Puis, il part travailler. Charline reste, le stylo en l'air, ses pensées rivées sur Alain. Alain et Charline, reliés parce qu'ils ne sont pas ensemble.

Appuyer sur *off*, là, d'un coup. C'est ce qu'elle voudrait. Que ça s'arrête. Que tout cesse brusquement.

Son psy lui explique : « C'est ce mode de vie avec lequel vous voulez rompre, pas avec la vie elle-même. » Mais elle, elle sait que c'est avec la vie tout court. Parce que rien ne pourra remplacer quoi que ce soit. Elle n'a plus de forces. Épuisée.

Il faudrait qu'un camion la percute, qu'un pot de fleurs tombe du sixième étage, que ce soit instantané. *Off*, et puis c'est fini, terminé, pas le temps de s'en rendre compte, d'avoir des espoirs ou des regrets.

Elle ne se suicide pas car elle ne veut pas avoir conscience que c'est la fin. Elle en a marre d'avoir conscience, de réaliser, de se rendre compte. Elle sait que si elle tente de mettre fin à ses jours, elle fera marche arrière. Parce qu'il y a un temps infini entre la prise de décision et l'acte. Le temps de prendre une arme et de la pointer sur elle, elle se sera dit « mais que suis-je en train de faire ? », le temps d'ouvrir le gaz, une voix lui aura dit « non, mais ça va pas ? Arrête ça tout de suite ». Elle sait que le temps de se vider de son sang, les veines ouvertes, elle réalisera qu'elle meurt et qu'elle ne voudra plus. Elle sait qu'elle voudra faire marche arrière. Revenir dans la vie, rechercher, là, quelque part, l'espoir. Comment a-t-elle fait, Virginia Woolf, pour marcher si longtemps dans l'eau avec ses pierres plein les poches ? Comment a-t-elle empêché ses mains d'enlever ces poids qui allaient la noyer ?

Non, Charline n'est pas assez déterminée. Alors, elle continue cette spirale infernale de la vie dénuée de désir et de sens. Cette vie où plus rien ne semble possible, où rien n'arrivera plus.

Parfois, l'espoir resurgit, timidement, alors elle attend. Elle attend les mots et les gestes qui lui rappellent qu'elle existe. Les mots qui rendent concret, tangible, qui la sortent de cet état vaporeux : tu es là, je veux te toucher, te serrer contre moi, je t'aime. Mais Gilbert n'est plus comme ça. Elle est acquise. C'est un objet de décoration dans l'appartement auquel il faut songer de temps en temps. Comme le relevé du compteur EDF ou l'entretien de la chaudière : ah oui, c'est vrai, Charline.

Elle devrait partir, provoquer l'électrochoc. Mais au lieu de ça, elle écoute Yves Montand. Si on lui avait dit qu'un jour, elle écouterait en aimant profondément sa voix chaude, virile, rassurante ! Elle aimerait que quelqu'un lui parle ainsi, avec cette voix murmurée, adressée, rien que pour elle. Cette voix comme une étreinte. Un ange qui viendrait la prendre dans ses bras pour la ramener doucement à la vie comme on porte précautionneusement un bébé vers son berceau, avec tout l'amour du monde.

Charline, morcelée, perd pied. Elle vit puis ne vit plus. Elle voudrait prendre une grande inspiration, respirer à pleins poumons puis plonger en elle. Nager en eaux profondes. Peut-être Virginia Woolf a-t-elle voulu nager en eaux profondes, troubles, pour explorer les tréfonds de l'âme humaine. En finir, *off*, pour nager en paix. Nager aux côtés du Léviathan, enfin côtoyer ce serpent marin qui rôde tandis que nous sommes à la surface. Enfin le voir, le toucher, onduler à ses côtés, le regarder et lui dire : alors, c'est ça ? C'est ça qui me hantait ? C'est toi, mon vieux démon qui m'envoyait ces signaux sans arrêt ? Enfin je te rencontre.

Dans nos vies, il y a quelque chose de souterrain qui avance malgré nous, un serpent qui, de temps à autre, remonte à la surface. Il nous accompagne en permanence, il faut apprendre à vivre avec pour ne pas qu'il nous dévore. Il est à nos côtés comme nous sommes à ses côtés. Nous sommes liés. Il est comme notre ombre. Comment respirer en eaux profondes ? Peut-on nager en eaux profondes et survivre ?

Car il arrive que les eaux soient si denses que l'on ne puisse pas revenir à la surface. Charline se rappelle, « c'est comme une piscine, quand tu touches le fond, tu donnes un coup de talon et tu finis par remonter, d'un coup, comme ça », l'avait encouragé une amie.

Mais Charline n'est pas dans une piscine, elle n'a pas ce plaisir d'être fragile en pull marine comme Isabelle Adjani. Elle est dans une rivière sombre et vaseuse, dès qu'elle veut toucher le fond pour donner son coup de talon, elle se retrouve à remuer du sable et son pied s'enfonce un peu plus dans la vase. Son eau trouble à elle n'a pas le fond solide et imperméable d'une piscine. C'est celui de la rivière de la nuit des temps, une rivière pleine de tourbillons et qui s'enfonce de plus en plus sous terre pour se jeter dans le fleuve de l'oubli. Charline s'y abandonne sans résistance. La maladie est là. Elle pourrait se battre. Mais ça ne sert à rien de souffrir si ce n'est uniquement pour espérer retourner dans « la vie d'avant », celle où l'on s'ennuie parce qu'on n'existe plus pour personne. Lutter contre un cancer et une dépression à la fois, c'est trop. Elle préfère laisser derrière elle le Velvet et les stars de cinéma, Alain et le canapé ocre de la maison de Cassis, Gilbert et ses préoccupations mondaines, ses enfants pour qui elle se sent plus un poids qu'une aide. Elle les libèrera en se libérant. Il se peut que la vie prenne la forme d'un long sommeil, et que l'on finisse par ne jamais se réveiller. Voilà.

Les plis du ventre

« Comme on n'arrive pas à trouver les mots, on a fait comme maman : nous avons dessiné. »

Les trois enfants de Gilbert et Charline, respectivement âgés de 25, 28 et 30 ans, se tiennent debout devant le pupitre du crématorium. Ils déploient un rouleau de papier pour révéler la frise d'une famille joyeuse et unie. Darius n'ose pas tourner les yeux vers ses parents, comme si un échange de regards les foudroierait sur place. Sur l'œuvre des enfants, l'océan, les enfants courent, jouent aux raquettes de plage, se tiennent par l'épaule. Charline dessine, assise sur une branche d'arbre, en dessous, Gilbert est au téléphone. Un peu plus loin, ils sont en voiture et chantent à tue-tête.

Gilbert observe le dessin, Charline a sa robe vert d'eau un peu trop moulante : sa robe des sorties. Il se rappelle, quand elle voulait la porter, le rituel était toujours le même : elle se plaignait de ses formes, leurs enfants la rassuraient au point de finir par la supplier de mettre cette robe. Gilbert, lui, restait silencieux. Elle l'implorait du regard, il restait figé, murmurait parfois un « si, si, elle te va bien ». Alors elle se réfugiait dans le cœur de ses enfants.

À l'évocation de ce souvenir, Gilbert fond en larmes, assis sur une chaise en plastique au premier rang du crématorium. Une lueur de panique à peine perceptible dans les yeux des enfants avant d'enrouler leur œuvre. Le père de Darius passe une main amicale et virile autour des épaules de Gilbert.

Gilbert aimait les formes de sa femme, il aimait bien les petits plis de son ventre. Il appréciait ses imperfections. Elles lui donnaient la sensation de ne l'avoir que pour lui. Il accepte ce que d'autres n'accepteraient pas, se disait-il. Si elle devenait trop parfaite, alors elle serait accessible à tous, alors il la perdrait. Bien sûr, ça ne tient pas à ça. Bien sûr, ça ne se passe pas comme ça. Mais il maintenait cette illusion de contrôle à travers ce symbole.

Qu'elle aille régulièrement chez Alain le rassure, se remémore-t-il. Nous sommes dix, quinze ans plus tôt. Il a totalement confiance en son ami. Enfin, totalement... Quel séducteur, cet Alain ! Il sait bien qu'il a un gros potentiel. Il transpire la jouissance à travers son goût pour les bonnes choses et son appétit de vivre. Suffisamment subversif pour être excitant sans être glauque. Boire, oui, mais que du bon et sans jamais être par terre. Fumer, oui, mais de la bonne herbe. Se coucher tard, jouer, oui, mais savoir s'arrêter à temps. Et rire sans s'arrêter, ça, d'accord.

Gilbert avait surpris une conversation de ses collègues sur ces mecs qui vous émoustillent. Le collègue de bureau beau gosse qui vous regarde par-dessus ses lunettes. Le coursier, le réparateur de la machine à café ou le type de la compta qui n'a pas l'air comme ça mais... Ces types qui vous stimulent juste assez pour que vous soyez motivée à ne pas vous laisser aller. « Ces efforts, c'est ton mari qui en profite, bien sûr, avait lâché l'une de ses collègues. Mais un petit fantasme ne fait de mal à personne », avait-elle ajouté.

La déferlante de questions avait submergé Gilbert : était-il ce genre d'homme pour l'une ou l'autre de ses collègues ? Qui était ce James

Stewart des bureaux ? Comment faisait-il ? Alain était comme ça, oui. Sexy, stylé, viril. Charline rencontre-t-elle ce genre d'hommes depuis qu'elle retravaille ? Alain est-il ce type d'homme pour elle ?

Vu les confidences d'Alain, il ne s'encombre pas de relations ambiguës. Il consomme. Plaisir de la vie, plaisir de la chair jusqu'au bout. Alors… Charline ? Impossible. Surtout depuis l'arrivée de Caroline.

Depuis qu'il est en couple avec Caroline, Alain séduit différemment. Il a, en quelque sorte, restreint son aura en public. En la présence de sa nouvelle femme, il adopte une tout autre attitude : il fait moins briller ses yeux, plonge son regard moins longtemps dans celui d'une autre femme (et surtout de Charline, ce qui la rend encore plus perdue), son torse se fait moins généreux, même son rire ne commence plus par un éclat faisant se retourner l'assistance de surprise. Il est devenu moins tactile, il boit moins, il rentre plus tôt.

C'est en l'absence de Caroline qu'il se rattrape et que ses amis retrouvent le plaisir de sa présence vibrante et chaleureuse. Un soir, il est venu dîner chez eux, Caroline s'étant désistée au dernier moment à cause d'un dossier à terminer pour le lendemain. Alain, Gilbert et Charline se sont retrouvés « comme avant », ils ont trop bu, trop fumé, ri et débattu jusqu'au lever du jour.

Gilbert voit bien que Caroline se met toujours en travers d'un chemin entre Alain et une autre femme. Même une amie inoffensive. Elle doit prendre le contrôle. Il lui semble que Caroline dirige son mari comme on pilote une voiture télécommandée.

Caroline a adopté une redoutable technique de la surveillance par la présence impromptue et l'association. Elle passe « par hasard » là où elle sait qu'Alain sera. Elle rentre plus tôt qu'aux heures annoncées. Elle s'intègre dans chacune des relations privilégiées qu'Alain entretient, transformant tout duo en trio. Il est même arrivé, se remémore Gilbert, qu'elle débarque chez lui lorsqu'il travaille avec Alain. Elle s'installe dans le salon, prétextant avoir des choses à faire, ouvre son ordinateur et envahit l'appartement de sa surveillance. Car c'est bien ce qu'elle fait, surveiller. Malgré son air concentré, Alain et Gilbert dans le bureau fermé par la double porte vitrée et Charline à sa table de dessin sur la mezzanine, Caroline installe par sa présence et sa vigilance un réseau de caméras et micros imaginaires d'une efficacité que la Stasi ou les alarmes Verisure auraient envié. La concentration de chacun en est modifiée, mais personne ne dit rien. Car, dans les faits, il n'y a rien. C'est juste une sensation qui se diffuse lentement, comme un gaz incolore et inodore qui finit par vous endormir avant de vous tuer.

Comment Alain peut-il supporter ça, se questionne Gilbert. Lui, si libre de ses mouvements, ne peut plus se défaire de Caroline. Elle se blottit contre lui, l'encercle de ses bras. Caroline contre lui, Caroline qui le prend par la taille, Caroline qui rejoint chaque discussion, même celles en tête à tête. Gilbert a l'impression qu'elle l'enserre tellement qu'elle va finir par l'étouffer, qu'Alain ne pourrait se dégager de son étreinte qu'en glissant vers le bas. Il se laisserait couler, dégouliner. Il finirait par mourir de ne pas être libre si Caroline restait là à occuper toutes les places.

Caroline l'accompagne partout, décide de l'heure à laquelle il faut rentrer, partir, revenir. Maintenant, c'est elle qui se charge de veiller à ce que le placard de la maison de Cassis soit toujours rempli. Elle a remplacé les boîtes à biscuits un peu rouillées par des Tupperware en plastique sans bisphénol A, il n'y a plus rien de périmé. Elle a remplacé les traversins par des oreillers. Elle a fait repeindre quelques pièces au fur et à mesure, renouvelé les appareils électroménagers et se bat, nom de Dieu, pour qu'on vire ce vieux canapé dégueulasse et qui pue, putain ! Ce canapé ocre qui sent la pistache et la Suze.

Elle réaménage la vie d'Alain qui apprécie de se laisser prendre en charge. Les dîners, les vacances, les week-ends se prévoient, s'organisent. Plus question d'escapade à l'improviste, de changement de dernière minute, sauf pour annuler une invitation et rester au chaud à la maison.

Gilbert repense à son ami et se dit que oui, il arrive un moment où, dans la vie, on se résigne à l'immobilisme, du moins en apparence. C'est plus confortable. La balance des plaisirs ne penche plus du côté de la prise de risque, mais de celui du confort.

Il est rassuré. Il n'imaginait pas quelqu'un d'autre s'attarder sur les plis du ventre de Charline, ni sur ce petit coussinet entre ses fesses et ses cuisses. Celui qu'elle déteste et qu'il adore. Comme la partie luxe d'un animal, la plus douce, la plus moelleuse, la plus raffinée parce que rare. Le sot-l'y-laisse de Charline. Des femmes qu'il a connues, même après – ou plutôt pendant – Charline, Gilbert n'en voit aucune avec ce même coussinet. À chaque fois, il a été déçu, comme si ce détail de l'anatomie de sa femme faisait tout. Et il n'a jamais été foutu de lui dire.

Les juges suprêmes omniprésents

Gilbert ne pleure plus. On écoute le morceau de Bowie, *Rock 'n' Roll Suicide*. Darius imagine Charline danser dans le salon de la maison de Cassis, en exagérant, ironique pour ne pas être sérieusement sexy, hurlant : « *You're not alone!* » C'est tellement concret qu'il a l'impression d'y être. Il a quitté le cimetière, il est, avec Alain et Charline en train de chanter à tue-tête debout sur le canapé ocre Suze-pistache. Il est avec les autres, à Cassis, au cimetière, dans ses souvenirs, en lui-même.

C'est maladif : Darius imagine à nouveau son propre enterrement. Il ne peut pas s'en empêcher, c'est plus fort que lui. Il imagine la vie de ses proches une fois sa mort survenue. Il serait enterré au Père-Lachaise lui aussi. Le voilà deux dans un même endroit. Il assiste à la cérémonie pour Charline, mais à cette même place, il assiste à sa propre cérémonie. Enfin, disons qu'il est trois, parce qu'il est aussi dans son propre cercueil. Où est-il finalement, quand ses pensées sont dispersées ?

Mais surtout, qui pense avec lui ? Qu'il se rende quelque part, qu'il soit occupé, qu'il attende quelqu'un, il y a toujours un être imaginaire qui est là et qui juge. À sa suite, une cour de créatures qui s'empressent et se bousculent pour gloser, prendre des notes et ressasser. Ces Léviathans des eaux profondes, les serpents entêtants de son fleuve intérieur. Ces animaux marins, hydres aux mille têtes qui commentent et analysent ses moindres faits et gestes ne le lâchent jamais. Les juges. Le diablotin. Ses voix internes font barrage à sa véritable voix intérieure. Il les entend en permanence, elles l'évaluent. S'il se projette, elles se projettent avec lui. S'il s'imagine réussir dans une situation, elles commentent aussitôt la réussite et les conditions de celle-ci. Elles formulent déjà les issues possibles, spéculent, supposent les conséquences. Quand ce n'est pas un animal mythologique, c'est un banc de poissons ou un essaim de frelons. Et lui, Darius, s'adresse uniquement à ce monde des voix intérieures qui l'entourent et le harcèlent. Comme s'il n'y avait qu'elles que son existence intéressait. Même Alain a rejoint ses voix intérieures avec son entêtant « ça te fera des souvenirs », transformé à son tour en reptile dans la rivière de son inconscient. Il rôde en eaux troubles, nage avec les autres et lui répète « c'est pas grave, ça te fera des choses à raconter ». C'est comme s'il disait : « Ça appartient déjà à la mémoire collective. »

Darius n'en peut plus d'être sans arrêt sous l'emprise d'un ailleurs, celui des souvenirs.

La grande banque des souvenirs qui le hante depuis son enfance sert-elle à nourrir ces serpents marins qui rôdent en chacun de nous ? Se délectent-ils de ces clichés de nos vies que l'on conditionne précieusement, comme des trésors pour une fiction regardée par un tiers imaginaire ? Des instantanés auxquels on s'accroche pour être sûr d'avoir vécu. Darius n'en peut plus de ces créatures souterraines qui observent son existence comme des gens collés devant des feuilletons du matin au soir. Qu'elles se taisent et le laissent vivre tranquille.

Plus Darius a le sentiment que la Terre entière a les yeux rivés sur lui, plus il réalise qu'avec ces voix et ces créatures, il ne s'adresse qu'à son petit monde interne, finalement, qu'à lui-même.

Il n'en peut plus de cette idée qu'il est plus

important de raconter ce qu'on a vécu plutôt que de le vivre. Il a l'impression de se désintégrer, de n'exister que pour être un souvenir. Il veut s'affranchir de cette injonction à se rappeler. Il voudrait vivre une situation, se dire qu'il sera peut-être le seul à en avoir eu connaissance et que ce n'est pas grave. Que le juge suprême de la conscience collective n'a pas besoin d'en être informé. Peut-être cet instant vécu disparaîtra-t-il à jamais et tant pis. Peut-être resurgira-t-il autrement. Chez ses descendants, ou chez une autre personne. On ne sait pas où vont ces molécules de souvenirs.

Peut-être se dispersent-elles au point d'atterrir entre les gestes, entre les notes, les mots, même les planètes. Peut-être qu'elles rejoignent cette matière qui sépare et relie, un joint constitué d'un savant assemblage de souvenirs et d'oublis, de réalités et de potentialités. Nos souvenirs s'installeraient dans les moindres interstices et créeraient alors de nouveaux vides nécessaires à l'équilibre entre les choses. Voilà probablement pourquoi l'univers est en expansion, se dit Darius.

Too much Magazine

Voilà, c'est terminé. La foule se disperse à la sortie du cimetière. Une sensation de déjà vécu. Il est question de se retrouver pour un pot, dans un restaurant du quartier. Lucas, le frère de Darius, ne restera pas. Il doit repartir à Londres. Ça fait de lui quelqu'un de très intéressant. Aux yeux de ceux qui restent, il vit dans l'inconnu, le fantasme de toutes les réalisations. Lucas a eu le courage de partir, de voyager, de faire sa vie ailleurs. Darius, lui, s'est toujours senti attaché à la capitale par une sorte de fil invisible qui, s'il se coupait, le laisserait seul dans une destinée incertaine, tel un cosmonaute dérivant dans l'espace.

Naître à Paris, vivre à Paris, mourir à Paris. La vie ne peut en être autrement, même si la ville se transforme en perdant une certaine authenticité. Lorsqu'il y circule, il a l'impression de déambuler dans l'interface d'un réseau social. Chaque fenêtre éclairée le soir laisse deviner un intérieur chaleureux à la décoration instagrammable. Chaque devanture affiche une success story. Les bars et les restos à la décoration uniformisée nordique ou new-yorkaise, tant copiée qu'elle est déjà datée. Les gens ont tous l'air d'évoluer dans des sphères incarnant la réussite personnelle et professionnelle. Certains quartiers de la capitale lui donnent l'impression que chacun vit comme dans la page "Une journée avec" d'un magazine people : *Le matin, je commence par mon cours de yoga avec ma prof que j'adore, puis je vais travailler dans un espace de co-working en bas de chez moi. J'aime mon quartier, il est très animé, très cosmopolite. Ensuite, je déjeune dans un thaï vegan qui est un peu ma cantine, puis j'ai le temps de me faire un film ou une expo, je flâne, j'écris. Vers 18 h, j'achète de quoi dîner au maraîcher local et bio en circuit court, j'adore cuisiner et recevoir dans mon appartement atypique rénové par un ami architecte.*

– Tu fais quoi, toi, maintenant, Darius ? demande Adrien, le fils de Gilbert, alors qu'ils sont en route pour le restaurant où se déroulera le pot post-funérailles.

Petits, Adrien et lui jouaient ensemble. Adolescent, Adrien avait adopté un style skateur que

Darius jugeait superficiel. Ils ne se voient plus que lors d'occasions qui concernent leurs parents.

– Je donne des cours de modern jazz, assume timidement Darius.

– Où ça ? Dans une école ?

– Dans un espace bien-être qui propose des cours de danse, Pilates, yoga... Ça s'appelle le Centre, c'est dans le 20e. Et toi ?

À peine a-t-il prononcé ces mots que Darius se demande pourquoi il travaille au Centre alors qu'il a toujours la sensation de rester en périphérie.

– Je suis chef de projet chez Business Media, répond Adrien d'une voix claire. Je m'installe avec ma copine, on achète à Montreuil. C'est elle.

Il désigne du menton une jeune fille mince, classique, qui marche un peu plus loin, à côté de la sœur d'Adrien. Elle porte une robe noire droite. Elle pourrait aller à un dîner, une soirée ou à un rendez-vous pro avec cette même robe.

Tandis qu'ils marchent, ils traversent des lieux familiers. Pour d'autres, ces rues ne représenteraient rien, pour Darius, elles sont imprégnées de l'énergie du vécu. Au-delà de son propre vécu, il arrive régulièrement à Darius de passer devant un immeuble et de recevoir des sortes d'informations. Des flashs. Comme cet immeuble, à l'angle de la rue du Faubourg-du-Temple et du boulevard de Belleville qui semblait si chargé qu'il l'effrayait. Il entendait des cris, des tortures, voyait des pendaisons, c'était horrible. Et puis cet immeuble a été ravalé, maintenant il y a un Sephora et Darius se demande où sont partis ses fantômes. L'employée frissonne-t-elle lorsqu'elle descend à la réserve chercher du parfum ou un maquillage ? Les habitants font-ils des cauchemars qu'ils ne comprennent pas ? Ou bien tout cela a-t-il disparu, glissé dans les égouts avec les produits de nettoyage à haute pression ?

Darius voudrait savoir quelles particules s'entrechoquent pour provoquer des émotions lorsqu'on se trouve quelque part. Est-ce que ce sont les mêmes qu'avec les mots ? Il voudrait analyser ce qui donne l'âme d'un lieu, de quels quarks est constituée une ambiance.

Adolescent, il avait visité Assise avec sa famille. À peine entré dans l'église où des gens priaient depuis des centaines d'années, il avait reçu une décharge inattendue. L'église regorgeait de prières, de croyances, d'espoirs. Les vœux et les invocations des gens avaient formé une matière extrêmement palpable.

À la fin de l'*Odyssée*, Ulysse nettoie les murs de sa maison après avoir tué tous ceux qui l'ont trahi.

Il lave les murs du sang de ses meurtres, mais aussi de la présence des prétendants de Pénélope qui ont imprégné les lieux en son absence. Par cet acte, il brûle jusqu'à la moindre particule contenue dans ces événements. Pourtant, les traces sont là, dans le texte d'Homère. La fumée et les flammes en ont emporté les molécules jusque dans les mots du poète.

Alors on ne peut pas effacer les traces, considère Darius. Il songe à ces régimes totalitaires qui conditionnent et classent la suppression. Les listes de ceux qui ont été exterminés et de ce qui a été détruit. L'effacement est archivé, les traces n'ont pas été effacées, mais déplacées. Référencer ce que l'on supprime lui donne corps, et fait admettre le pouvoir de la mémoire. Faire disparaître joue finalement un rôle de révélateur : les listes de gens assassinés, déportés, disparus. On sait qu'ils ont été parce qu'il est inscrit qu'ils ne sont plus.

Ce processus d'élimination organisé court-circuite l'existence. Il ne s'agit pas de détruire simplement, mais plutôt d'anéantir en profondeur. Comme la bombe atomique fissure le noyau de l'atome, la destruction méticuleuse et organisée fissure le cœur de la mémoire. Elle transforme la trace qui aurait dû être laissée. Les gens éliminés ne laissent pas derrière eux le sillon d'une vie accomplie mais détruite. Certes, il reste une mémoire, mais une mémoire différente de ce qui aurait dû être.

Les voici près du métro Voltaire. Il y a des traces de quelqu'un quelque part. Darius se prend à penser que ça pourrait être ça la trame de sa vie : révéler des traces sans événements.

Le phénomène du fantôme de chat

Événement! Darius monte la librairie avec Simon. Ils ont 30 ans, c'est un beau projet, leur dit-on. Et puis, c'est courageux, parce que le secteur du livre à l'ère d'Internet, bon… Et puis, c'est dur de monter son propre commerce. Et puis, avec un ami, c'est risqué, si ça se passe mal… Et puis, les horaires ne sont pas simples. Et puis, ils ne font seuls, sans quelqu'un de plus chevronné pour leur apprendre. Et puis, et puis, et puis… Face à cette pluie de commentaires décourageants, Darius et Simon sont comme deux alpinistes dans la tempête.

Simon a trouvé un local. Ce n'est pas aussi fastueux que ce dont ils auraient rêvé, pour la salle de danse et le rayon musique, on repassera. Les travaux débutent. Un chat s'est posté sur le muret de la résidence d'en face. Il reste immobile et les observe, tous les jours. Les travaux durent un peu plus de trois mois, et chaque jour, le chat est là. Puis, lorsque le chantier est terminé, il traverse la rue et entre. Il s'approprie la librairie, si bien qu'on lui installe un pouf sur lequel il reste en boule la majeure partie du temps.

Pour Simon, il faut appeler ce chat Marcel, car il est forcément la réincarnation d'un grand écrivain et les grands écrivains s'appellent Marcel. Marcel Proust, Marcel Aymé… Darius s'y oppose, tous les écrivains un tant soit peu sérieux s'appellent Jean-Paul, s'il faut donner un prénom humain à cet animal, c'est Jean-Paul. Jean-Paul, c'est rive gauche, c'est germanopratin, ça évoque les Gauloises bleues, les pantalons en velours et les chaussettes Burlington. Ça, ça fait écrivain. Pas du tout, pour Simon, ce chat est forcément la réincarnation d'un auteur célèbre, il s'agit de savoir lequel. Le genre d'écrivain typiquement capable de nous envoyer un chat est sûrement japonais, ou italien. Genre Dino Buzzati. Mais oui ! Tous deux tombent d'accord pour l'appeler Dino. Dino, c'est très bien.

Mais il s'avère que le chat est une chatte. Or, la nièce de Simon s'appelle Dina, les voilà bien embêtés. Dinette, finalement. La sœur de Simon est un peu vexée, mais bon.

Dinette devient l'attraction, la mascotte de la librairie. Elle se laisse caresser par les clients, joue avec les enfants qui y viennent, ronronne sur son pouf au pied des livres d'art. L'ambiance du lieu est teintée par sa présence. Elle a pris l'habitude de grimper sur les genoux de Simon lorsqu'il fait la caisse. Elle se glisse dans les cartons vides des livraisons, elle joue avec les emballages en plastique des palettes de livres. Elle fait ses griffes sur un présentoir offert par une célèbre maison d'édition, pisse sur le carton d'un best-seller, *Soyez vous-même, osez réussir*. Dinette a pris la fâcheuse habitude de marquer dans le coin développement personnel. Tous les ouvrages prônant la réussite comme accomplissement sentent le pipi de chat.

Et puis, un matin, ils trouvent la chatte sans vie sur son pouf. Même pas eu le temps de lui dire au revoir. Ils ne s'y attendaient pas. Même s'ils n'avaient aucune idée de son âge étant donné qu'elle était arrivée déjà adulte dans la libraire, il leur avait semblé qu'elle aurait pu y rester encore dix ans. Mais non, Dinette est morte, voilà.

La librairie est bien vide. Les clients sont touchés par sa disparition. L'odeur persistante d'urine dans le coin développement personnel les rend nostalgiques. Simon fait sa caisse sans rien sur ses genoux. Ça fait bizarre.

Et puis, survient le phénomène que Darius connait bien pour avoir grandi avec des chats : le phénomène de fantôme de chat. Parfois, il leur semble sentir la présence de Dinette. Alors qu'il est plongé dans un livre, Simon lève les yeux parce qu'il croit avoir vu passer la chatte le long d'un rayon. Dans la librairie, on s'attend à la trouver quelque part, on a encore des gestes adaptés à son comportement, on croit apercevoir sa silhouette. Simon a gardé le réflexe de tenir dans sa main les tickets de CB car, dès qu'il ouvrait la caisse, Dinette bondissait sur le meuble et envoyait tout valser. Maintenant, il reste figé, ses tickets à la main, se préparant à ce qui n'arrivera plus.

Aline (Pour qu'elle vienne)

Dinette a imprégné la librairie de douceur. C'est comme si elle avait préparé le terrain pour y laisser rentrer l'amour. Aline. Celle qui accepte que Darius tienne une librairie avec son meilleur ami, donne quelques cours de danse dans un centre de bien-être et rêve de chorégraphies qu'il ne montera sans doute jamais.

Aline.

Elle est entrée dans la librairie alors qu'ils diffusaient *Bullets* de Tunng. Simon l'a vue en premier, il la drague en premier. Rien de plus banal. Elle voudrait un conseil, un livre pour l'anniversaire d'une amie. Quelque chose de pas trop déprimant, quand même, pour un anniversaire. Simon la conseille : une BD, un truc féministe, ou sur la biodiversité. Ou bien le dernier Goncourt ?

« Non, les livres qui ont le Goncourt ne parlent que de bourreaux pendant les guerres », répond Aline. Darius range des livres un peu plus loin, il sourit, esquisse deux pas de danse pour se rapprocher. Darius ne se déplace quasiment qu'en chorégraphie dans la librairie, on le connaît pour ça dans le quartier.

« Surtout, pas de saga familiale ni de roman ancré dans de grandes maisons françaises », insiste Aline. Darius est intrigué, se tend entre deux étagères pour mieux entendre. Simon est déstabilisé : un polar ? *Harry Potter* ? Un ouvrage récent ou vieux ? Aline fronce les sourcils : « Vieux ? C'est quoi, vieux ? »

Darius glisse jusqu'à elle.

– Est-ce que vous êtes du genre à vouloir une histoire avec un meurtre ? poursuit Simon. Un livre qu'on ne peut pas lâcher, c'est rassurant de ne pas vouloir s'arrêter.

– Non, pas forcément, répond Aline. J'aime bien les livres qu'on met de côté et que l'on reprend plus tard. Et puis, ajoute-t-elle comme une confidence, j'aime m'accrocher à autre chose qu'aux événements.

Darius se fige.

Alors, il propose : *Les Mille et Une Nuits*. « Tout le monde connaît *Les Mille et Une Nuits*, mais personne ne les lit jamais, argumente-t-il. Il y a tant d'histoires dans l'histoire qu'on ne sait plus combien d'univers nous avons franchis. Chaque personnage se sauve par le récit. »

Ils se regardent. Ses lunettes, ses boucles, son mètre quatre-vingt-deux. Ses yeux noisette, ses cheveux fins, son mètre cinquante-sept. C'est comme dans les *James Bond*, on sait que le héros va réussir sa mission, mais le suspense réside à savoir comment.

Les premières notes de *Heavy Cross* de Gossip.

Aline et Darius. Ça va se faire, mais comment ? Et quand ?

James Bond

Un week-end en grande banlieue, pour un anniversaire. La musique sort d'une enceinte reliée en Bluetooth à l'ordinateur portable qui diffuse une playlist préparée à l'avance sur iTunes. La pomme de l'ordinateur à la source est masquée par un autocollant qui définit la personnalité de son propriétaire. Darius y invite Aline en tant qu'amie, s'appuyant sur Simon avec qui elle est aussi amie puisqu'ils se sont rencontrés en même temps. Mais ils savent. Ils savent que ça va se faire. Le tout est quand et comment. Ils font durer le plaisir avec à peine plus d'assurance que quand ils étaient adolescents. Ils s'extasient sur cette maison incroyable dans laquelle a lieu la fête : la maison de famille d'un copain, immense, aux murs épais et aux odeurs de canalisation dans les couloirs. Le parquet craque, il y a du tissu sur les murs de certaines chambres, la peinture s'écaille dans d'autres, les carrelages des salles de bains sont collés sans joint, certains légèrement ébréchés, il y a encore des bidets et des robinets sans mitigeur aux traces intemporelles de calcaire. Des placards grands comme des pièces et des portes aux poignées lourdes et instables. Aline, Simon et Darius arpentent les couloirs, ouvrent des portes au hasard pour prononcer à chaque fois un « non, mais c'est dingue ! »

Puis, sentant la vibration, Simon ralentit, programmant un éloignement discret. Il s'attarde dans une pièce pleine de livres à l'odeur de vieux cuir et de papier dont la décoration lui évoque Jules Verne. Aline et Darius, sans l'attendre, poursuivent leur exploration. Ils ont très bien vu qu'ils se sont retrouvés seuls, mais font comme si de rien n'était. Une porte en bois, plus basse, débouche sur un escalier qui monte au grenier.

Dans le grenier, ils sont à la fenêtre surplombant la fête qui se déroule dehors, la nuit tombe doucement. Tous deux visent à savoir ce qui va enfin déclencher ce premier baiser, celui qui fera basculer leur vie à jamais. Darius se demande si ce baiser arrivera parce qu'il l'a souhaité, ou s'il le souhaite parce que ça doit arriver. Il va même jusqu'à supposer que ce baiser est déjà survenu quelque part, et que c'est pour cela qu'il le pressent. Dehors, on diffuse *Back to Black*, d'Amy Winehouse. Cris de joie des convives. Darius et Aline se sourient. Leurs regards s'accordent, leurs visages se rapprochent et leurs lèvres s'unissent. Darius a l'impression de se trouver dans un de ces moments où le temps se met en boule. Au moment même où leurs bouches se touchent, où le noir infini aux constellations multiples apparaît, il a instantanément envie de remonter le temps, une seconde en arrière, pour vivre et revivre et vivre encore ce micro-moment à l'infini.

« Vous avez un nouveau souvenir »

Maintenant qu'il s'installe avec Aline, Darius voudrait percer le secret du monde des grandes personnes. Il a besoin de savoir s'il vit ce que tout un chacun traverse, si on doit tous en passer par là : la décoration de l'appartement qui change et les choses à côté desquelles on passe. Il sait qu'il va suivre le mouvement et glisser lui aussi sur le sillon inévitable de la maturité. Mais sera-ce au point de se « daronniser » comme ces adultes qui semblaient éteints lorsqu'il était adolescent ? Il se demande s'il doit se résigner, si franchir des étapes évidentes est une façon de s'insérer dans le moule comme on se coulerait dans une sorte de résine qui nous transformerait en statue figée à jamais. Pour Darius, le moule est en silicone, il n'y adhère pas. Rien qu'à cette idée, il a l'impression d'entendre le diablotin rire sous cape.

Ils louent un trois-pièces au parquet grinçant (les parquets grincent souvent dans l'environnement de Darius) et dont les murs ne sont pas droits. Comme la plupart de leurs amis, vers Jourdain, non loin de la librairie et du Centre où il donne ses cours de danse. Ah, ils ne quitteraient ce quartier pour rien au monde ! C'est à la fois vivant et authentique, mixte et bobo. Ils fantasment un déménagement du voisin du dessus qui leur permettrait de faire un duplex et d'avoir une vue encore plus imprenable sur les toits de Paris. Darius a installé la platine et les vinyles d'Alain dans des étagères en bois sur mesure qui s'encastrent dans les murs en pente de la pièce à vivre. Ils auront des enfants. Mais leur salon ne sera pas envahi de jouets et il est hors de question que le linge sèche dans le couloir. C'est parce qu'ils ne savent pas encore, s'amuse Simon qui vient tout juste d'avoir un fils.

Assise en tailleur sur le canapé, Aline écrit pendant que Darius prépare un apéro pour Simon et sa femme Sonia qui, justement, viennent avec leur bébé. La platine diffuse l'album *Harvest* de Neil Young.

« Dis donc, tu ne crois pas qu'il faudrait que je commence par un assassinat, ou une disparition, histoire d'accaparer le lecteur dès les premières pages ? » demande Aline. Darius lui rappelle leur première rencontre, elle disait apprécier les histoires sans péripéties obligatoires. Aline sourit.

Le téléphone de Darius vibre. Il s'attend à un sms, mais une image apparaît. Une photo qui ne signifie rien de particulier : un selfie dans un bar lors d'un apéro entre amis. L'image est accompagnée de la notification : *Vous avez un nouveau souvenir*. Darius se rappelle à peine cet apéro. Il se demande pourquoi son smartphone a choisi cet événement en particulier. Parfois, et de façon totalement aléatoire, son smartphone lui envoie une notification *vous avez un nouveau souvenir*, accompagnée d'une photo dudit souvenir. Pourquoi décider que cet instantané serait un souvenir ? Et pourquoi le lui rappeler ? Comme s'il n'était pas capable de gérer sa propre mémoire ! C'est quoi cette société où même son téléphone décide pour lui de ce qui est mémorable ? Est-ce en vue d'un *Hollywood Stories* que le smartphone décide de mettre en avant tel ou tel souvenir ? Pour éviter au monteur de choisir parmi 2 600 photos annuelles ?

Sur la photo, cependant, un détail. Un paquet de cigarettes posé sur le comptoir du café. Ce paquet de cigarettes détonne : déjà, parce que c'est en intérieur, mais aussi parce que ce sont des Philip Morris bleues. Qui fume encore des Philip Morris bleues ? La vision de ces cigarettes entraîne automatiquement une odeur d'encre, de cahiers et de lessive, puis celle du parfum White Musc que mettait Judith (et à peu près la moitié des adolescentes des années 90), le son de *Zombie* des Cranberries, de *Dummy* des Portishead, de l'album *MTV Unplugged* de Nirvana, le *Black Album* de Metallica et l'atmosphère du quartier où il a grandi. Grâce à un paquet de Philip Morris bleues, Darius peut reconstituer pratiquement tous les matins qu'il passait avec Guillaume en fumant sa cigarette pour aller au lycée. Il lui suffit juste d'entrevoir le paquet de cigarettes ou d'entendre quelqu'un prononcer « Philip Morris bleues » pour que le ruban des trajets se déroule devant lui. Ça lui fait le même effet avec « Chester 25 ». Un paquet de Chesterfield 25, pour éviter la pénurie quand on sortait faire la fête.

Darius pose sur la table basse des toasts et du tzatziki qu'il a fait lui-même. Il est si heureux avec Aline. Tout s'élève en sa présence. Simon et Sonia ne vont pas tarder. Ils pourront leur annoncer qu'Aline est enceinte.

“Old man, take a look at my life, I’m a lot like you
I need someone to love me the whole day through
Ah, one look in my eyes and you can tell that’s true.”

Et l’harmonica de Neil Young les rassure. La guitare acoustique incarne le confort et la douceur de cette fin de journée parisienne. Le refrain est repris collectivement, ils sont ensemble, tout va bien. La vitesse de croisière de la vie est palpable. Un accomplissement, mais où tout semble encore possible. Ils ont le temps. Ils peuvent se projeter, espérer.

Ils organisent régulièrement des lectures à la librairie, Simon aime les accompagner avec sa guitare. Darius les regarde. Il se dit qu’il pourrait danser pendant que Simon joue et qu’Aline lit ce qu’elle a écrit. Alors les mots et les mouvements se rejoindraient, créant un nouvel espace. Mais l’idée d’articuler son corps au milieu de la librairie entre texte et guitare lui donne aussitôt l’image d’un cliché branché assez bancal. Un truc pseudo-contemporain underground où certains, dans le public, réprimeraient un fou rire. Alors Darius se contente d’être présent, il bat la mesure avec son index comme le type des pompes funèbres. Il préfère danser entre les rayons quand c’est impromptu, en pleine journée normale. Il tient à sa réputation.

Darius range Neil Young dans sa pochette et enclenche *The Passenger* d'Iggy Pop. Il esquisse quelques pas, entre la cuisine et le canapé. Une comédie musicale américaine : elle lève les yeux, il saute pour s'accroupir sur une chaise face à elle. Ils se sourient, un baiser, il repart en faisant glisser ses pieds sur le parquet. Des ronds de jambe parfaits. Il le sait, que ses ronds de jambe sont parfaits, depuis tout petit il dessine des cercles purs. Il aurait dû persévérer pour devenir ce danseur étoile aux ronds de jambe parfaits. Il a soudain l'impression qu'on lui presse le cœur : pourquoi as-tu lâché, alors que tu fais des ronds de jambe parfaits ? Mais le regard amoureux et plein d'admiration d'Aline chasse cette pensée mortifère et le remplit de joie.

Il poursuit sa chorégraphie ménagère, s'empare d'un torchon qu'il met en tablier, Aline rit, il se met à marcher sur la pointe des pieds, sur un fil imaginaire. Un fil sur lequel il a toujours été funambule, de plus en plus haut. Il tremble, Darius manque de perdre l'équilibre. Ses bras s'agitent. « Attendez ! Attendez ! Ne venez pas me chercher tout de suite ! Je suis si heureux ! »

Lui revient l'image d'un clochard perdu dans les couloirs du métro comme égaré dans les couloirs du temps. Dans la station Jourdain, il y a toujours le même clochard qui erre, complètement hagard.

Il marche à petits pas perdus, les yeux rivés nulle part, ses bras forment des petits cercles inachevés. Pour Darius, croiser ce clochard paumé et désespéré, c'est croiser une part de lui-même à laquelle il ne sait pas répondre. Quand le métro arrive, il monte dans la rame et regarde par la vitre le sans-abri resté sur le quai à répéter ses gestes sans fin, Sisyphe de la ligne 11, tandis que le métro s'engouffre dans le tunnel.

Blagues de darons

La félicité. L'accomplissement d'avoir fondé un foyer. Darius joue aux cartes avec Aline et leurs enfants, scène digne d'une publicité pour un jeu de société dans les années 90. Sauf que leur fils s'énerve et refuse de classer son jeu. Même s'il comprend, Darius s'entend dire : « Trie tes cartes, c'est beaucoup plus simple. » C'est sorti malgré lui. Son fils insiste : c'est lui qui joue, pas ses parents ! « Vous êtes pas dans mon moi ! » s'énerve-t-il. Et il a raison, se dit Darius. Bien sûr qu'il a raison. Aline fait une moue de compassion qui sous-entend : « Laisse tomber, ne gâchons pas ce moment de grâce en famille, appelons plutôt un photographe pour immortaliser cette scène. »

Darius acquiesce, mais les pensées ne le lâchent pas. Pourquoi lui a-t-il dit cette phrase ? Cette phrase et toutes les autres : « Si le maître l'a fait, c'est qu'il a ses raisons », « s'il faut faire comme ça, c'est que ça te servira plus tard », « fais tes devoirs, tu seras débarrassé », « moi à ton âge », « ça fera des souvenirs ».

Tandis que son fils se roule par terre parce qu'il n'obtient pas ce qu'il veut, Darius crève d'envie de lui dire : « Comme tu as raison. C'est insupportable, je te comprends. » Il se roulerait par terre avec lui, au lieu de lui ordonner d'un ton calme mais ferme d'aller s'isoler dans sa chambre.

D'ailleurs, en vue de rester un véritable adulte, il se retient de donner des « trucs » à son fils : monte sur un tabouret pour atteindre la planque des bonbons, garde la monnaie du pain, lis en cachette sous ta couette avec ta veilleuse, fais-moi croire que tu as déjà révisé ce qu'il fallait réviser pendant les vacances, cache les petits pois que tu ne veux pas manger dans du Sopalin, recrache en douce le médicament dégueu, dis que tu as changé de slip, que tu n'as pas d'amoureuse et surtout, surtout, fais-nous croire que tout se passe bien à l'école.

Mais Aline le sort de sa torpeur. Elle a raison, ne gâchons pas ce moment merveilleux qui devrait figurer au dos d'une boîte de céréales. Il cherche une complicité, il cherche à courir à rebrousse temps. Dédramatisons. Une petite blague ? Il lance à son fils : « Tu prends trop à cœur, tiens-toi à carreau. » Ça fait pouffer Aline, mais laisse leur fils complètement pantois. Encore une de ces blagues débiles qui lui valent une œillade atterrée de son fils parce qu'il fait des plaisanteries d'adulte. « Blague de daron ! » lance alors Aline du coin de l'œil. Darius sourit. Ah, décidément, ce moment de vie est si parfait, il en pleurerait.

Avec Simon et Sonia, ils déconnent sur ce qu'ils appellent des « blagues de daron ». Dès que l'un fait de l'humour style « vieux motard que jamais », ou « grosso merdo », l'autre lance : « Blague de daron ! » Cet humour qu'ils trouvaient ringard plus jeunes et qui, même avec une certaine distance, les amuse aujourd'hui.

« Blague de daron ! » Elle est belle, Aline, quand elle le regarde en coin.

Il espère juste ne pas être dans une illusion de vie parfaite, comme Gilbert avec Charline.

Le millefeuille du temps

Le temps de se lancer dans la vie active, les CD ne sont finalement plus d'usage. On troque les Blu-ray pour Netflix et la VOD se démocratise. On passe du casque à mousse orange branché au Walkman aux oreillettes sur un lecteur MP3. On n'utilise pas des logiciels, mais des applis. Pour découvrir de nouveaux morceaux, Darius « shazame » ce qu'il entend dans les bars, au supermarché, à la radio. Il n'a plus le temps de passer des heures chez le disquaire. S'émanciper au début du siècle, c'est se détacher du matériel.

Les enfants sont devant la console de jeux vidéo éteinte. Face à l'écran noir, ils commentent un match de foot imaginaire. Ils se figurent un match qui se crée, là, sous leurs yeux. Est-ce qu'ils visualisent tous deux le même match ? « Et c'est le but ! » reprend l'un, « et c'est la faute ! » reprend l'autre, « oooohh ! » Les voilà qui s'accordent dans leur imaginaire. Ils créent une réalité à laquelle eux seuls ont accès, pourtant, Darius suit aussi ce match et se demande où les images se rejoignent.

Surtout qu'un temps d'écran devant un écran éteint, ça ne compte pas dans le temps d'écran officiel. Car les enfants ont un temps d'écran imparti, sinon ça va leur bousiller le cerveau, les yeux, et les rendre hyperactifs. Même ceux qui fabriquent des tablettes n'en donnent pas à leurs propres enfants, on a tous lu ça quelque part.

« C'est tellement mignon, ils sont en train de se créer des souvenirs », déclare Simon en observant les enfants jouer. Darius se fige. Alors, ça y est ? Simon aussi ? Simon aussi pense à l'après. Déjà ?

Simon s'empare de son fils, le soulève par les bras. L'enfant rit déjà : il va faire l'avion. Simon le fait tourner, de plus en plus vite. « Encore ! Encore ! » Le rire de son fils, des autres enfants qui réclament leur tour. « Moi aussi ! Moi aussi ! » Simon sourit, heureux d'être un père et un parrain qui profite de ces instants qui resteront gravés à jamais.

Darius se voit adulte. Tout paraît se reproduire à l'infini. Quand il était petit, il fallait sauver les boat people, aujourd'hui, les réfugiés. Ses enfants jouent à « battre Marine Le Pen ». Lui, quand il était petit, c'était « Jean-Marie Le Pen » qu'il fallait battre. Demain, ses petits-enfants joueront sûrement à vaincre un autre Le Pen. Mais ça ne sera qu'un jeu, n'est-ce pas ?

Darius se sent exactement comme les adultes qu'il observait petit. Il réalise qu'il se perçoit maintenant de la même façon qu'il percevait ses parents. Du coup, il est adulte et enfant à la fois. Il n'a plus d'âge, il n'est pas situé le temps. Il est de tous les âges et de toutes les époques à la fois.

Surtout que l'enfance de ses enfants ressemble beaucoup à la sienne. Les références sont les mêmes, les accès culturels quasiment identiques. Les livres, les dessins animés… Il y a plus d'écrans bien sûr, mais il existe toujours les Lego, les Playmobil et le Puissance 4, le Cluedo, le Mille Bornes, le Mastermind et les doudous qui parlent. L'ambiance affective au foyer comporte les mêmes clés, les mêmes repères matériels. Le confort doux du samedi après-midi. De la musique dans l'appartement, on joue, on dessine, on lit, on fait un gâteau. La lumière est allumée même s'il fait jour dehors, c'est plus chaleureux, et consommer de l'électricité n'a pas encore une connotation environnementale anxiogène.

Darius sent qu'il fait maintenant partie d'une sorte de millefeuilles du temps. Il peut glisser entre chaque feuille, redevenir petit et se dire que tout va bien, que le monde est en paix, qu'il est en sécurité, et que ça continuera aussi lorsqu'il sera grand. Quand il regarde ses enfants jouer au Monopoly, il se réfugie dans une sorte d'état second : il est à la fin du XXe siècle, en fait. Et tout va bien se passer. Le passage d'un siècle à l'autre n'a pas eu lieu. Nous tendons vers le progrès, nous atteindrons l'an 2000, apogée de l'humanité et début de la quiétude universelle. Tout ira bien. C'est pour ça que les générations précédentes se sont battues, pour qu'enfin, on arrive à cet état de grâce. Car sinon, à quoi bon ces guerres, ces morts, ces luttes et ces combats si tout se reproduit encore et encore ? Ça y est, maintenant, c'est fini. On a compris. C'est allé si loin. On sait maintenant, ça ne recommencera plus. On lui a promis, on lui a promis à lui et à tous les humains. Et on tient ses promesses, n'est-ce pas ?

Alors, que s'est-il passé ? Pourquoi tout ce temps s'est-il écoulé si vite ? Quel temps s'est écoulé ? Et pourquoi ce qui est si lointain est frais dans son esprit comme si cela venait de se produire ? Parfois même, comme si cela était encore en cours ? Quelle est la forme du temps ? Plus il réfléchit, plus il s'abreuve de conférences plus ou moins fiables sur le Net, plus il avance dans la vie, plus il lui semble que le temps n'est pas linéaire comme le laissait croire la frise historique affichée au-dessus du tableau noir de sa classe de CE1.

La frise accrochée au mur de sa classe de CE1 a servi de modèle à celle de sa vie sur laquelle il y a les marqueurs du temps, des événements passés, en cours, et ceux qu'il projette. Cette frise est en couleur, comme celle de la classe de Madame Dupré. Darius visualise sa vie comme on visualise les grandes périodes de l'Histoire : son enfance est bleue et violette, puis elle devient verte pour l'adolescence. Sa décennie de la vingtaine est rouge, la décennie de la trentaine est bleue, celle des quarante jaune, les cinquante orange, les soixante violette, soixante-dix, comme l'adolescence, un dégradé allant du jaune au vert en passant par un gris blanc. Quatre-vingts, vert, définitivement vert, quatre-vingt-dix, rouge profond, la couleur d'un bon vin, et puis sa frise va jusqu'à cent, tout blanc, les centaines sont blanches comme les cheveux des vieilles personnes, et tout ça se dissout dans un nuage d'éternité. Sa frise ouvre sur le cosmos. Comme le ciel dessiné sur le plafond du crématorium du Père-Lachaise.

Ça, c'est ce qu'il projette. Car, pour Darius, il y a des couches: celles de son destin rêvé et celles de son existence réelle. La frise temporelle de sa vie est pleine de boucles et de virages, finalement, elle est courbe. Courbe comme le temps. C'est vrai, il entend régulièrement ce terme: la courbe du temps. Elle est circulaire puisqu'il revit parfois les mêmes choses. Elle est en quadrillage puisque les mondes réels et imaginaires se croisent, dessinent des marques bien réelles et produisent des émotions qui viennent s'inscrire en chacun, laissant des empreintes profondes.

Darius et Aline se comprennent parfaitement. Ils ont souvent cette même discussion: le temps et les mondes sont quadrillés, on ne vit pas de façon linéaire. Tout se tord, s'ouvre et se rencontre. Par nos choix, par nos refus, par nos peurs et nos rêves, nous traversons et produisons différents milieux aux textures variées.

Les enfants sont couchés, Darius et Aline se sont ouvert une bouteille de vin, un souvenir de leur week-end « caves en Bourgogne ». Il sert sa compagne en priant secrètement qu'elle ne soit pas aussi triste que Charline sans qu'il s'en rende compte.

Il appuie sur la touche espace de son ordinateur posé sur la table de la cuisine. Cette touche est l'équivalent de PLAY des lecteurs cassette, CD ou minidisque. Il n'a pas la possibilité d'acquérir en vinyle tout ce qu'ils écoutent aujourd'hui, alors il compile des morceaux sur iTunes. Il ne les appelle plus par la place qu'ils occupent dans l'album.

Tu te souviens, s'amuse Aline. « La 5, écoute la 5, elle est géniale ! » Ou bien : « Mes préférées : le 3, la 7 et la 8. Les autres sont un peu nulles. »

Darius s'en amuse, c'est vrai que maintenant, il se procure les chansons une à une, plus besoin de s'acheter tout l'album. Darius réprime l'angoisse de ne probablement plus jamais découvrir un morceau caché. Quand la dernière chanson d'un album se terminait mais que la cassette, ou le CD, continuait de tourner, ça voulait dire qu'il y avait probablement un morceau caché. Plein d'espoir, on savait qu'on entrait dans cette zone de l'inconnu, de la surprise. Des fois, Darius s'endormait et se faisait réveiller par ce morceau caché surgi du silence.

– Mince alors, ça n'arrivera jamais plus.

– T'es nostalgique ? le taquine Aline.

– Non, répond Darius de mauvaise foi.

De toute façon, le moment des tergiversations internes est terminé. Il a des enfants, il doit transmettre. Il est indispensable de se comporter en adulte.

À quel moment ?

« Vitesse lumière activée. » C'est comme si quelqu'un avait prononcé ces mots, dans sa tenue moulante d'astronaute et sa voix de doublage nasillarde des années 70. Un membre de l'équipage a appuyé sur un bouton et une forte accélération nous plaque au fond de notre siège, avec l'air serein de ceux qui ont l'habitude de voyager dans l'hyperespace. Chaque point s'allonge, tout s'étire et se distend avant l'impressionnante propulsion spatio-temporelle.

Le temps file. Soudain, il devient droit, une ligne de fuite. En cinq ans, la vie de Darius est passée en vitesse lumière. Il n'a eu aucune emprise sur quoi que ce soit. À peine le temps d'accumuler des souvenirs. Il lui semble avoir vécu et ressenti autant en cinq ou six années qu'en cinq ou six mois avant. Avant, quand il était ado par exemple.

Soudain, Darius a une situation socio-culturelle. Il appartient à un certain milieu. Il est père de famille. Il fait des dîners, part en week-end, se projette à plus de six mois. Soudain, il est ses parents de quand il était petit. Il ne sait même pas comment c'est arrivé, c'est tombé d'un coup, comme ça, une immense ellipse. Il se réveille, et il y a écrit *Cinq ans plus tard*.

D'ailleurs, il ne peut plus dire *plus tard* ou *quand je serai grand*. Quand je serai grand, c'est maintenant. Personne n'avait prévenu Darius qu'être grand, qu'être adulte, ça arrive sans prévenir. Ça survient d'un coup et là, il faut tout donner. C'est un court laps de temps où il est encore temps. Parce qu'après grand, il y a vieux.

Darius garde son poste à la librairie. Il peut dire ce qu'il fait dans la vie à ses enfants sans bafouiller. C'est une chance de travailler dans une structure qu'il a montée avec son meilleur ami, sans conflits, et qui fonctionne bien. Ils en sont fiers. Les lectures libres du vendredi soir n'ont lieu plus qu'une fois par trimestre. En revanche, des brunchs autour des contes, des ateliers avec des auteurs de livres jeunesse se font plus réguliers. C'est un nouvel univers qui s'ouvre à Darius, mais il n'y danse toujours pas.

Il faut toujours courir vers des buts inatteignables. Sinon, que faire une fois qu'on a atteint son objectif? Et le diablotin ricane : « Tu enverras tout valser ! Soit parce que tu réaliseras que c'était du vent, soit parce que tu ne voudras pas redescendre. La chute est brutale, ou bien elle peut être longue et douloureuse. Choisis. »

Darius vieillit. Il a l'impression de rejoindre ceux qui étaient plus vieux et qui ont cessé de s'éloigner dans le temps. Il vieillit et eux ne vieillissent plus. Ils l'attendent. Comme un conseil des sages qui lui signifierait : « Finalement, tout ça pour ça ? »

Alors qu'il cherche de plus en plus à devenir un adulte parmi les adultes, cette ambiance le replonge dans le monde de l'enfance. Il semble devoir convoquer sans arrêt l'enfant qu'il a été. Ses enfants écoutent une chanson en boucle. Elle est insupportable : la voix est survocodée, la musique synthétique est outrageusement triste, ses enfants chantent par-dessus de leur joli timbre innocent : « Si les adultes se trompaient, quel monde ils nous laisseraient ? » Et Darius est cueilli. C'est vrai ça, les adultes n'étaient pas censés se tromper, alors comment en est-on arrivés là ? Est-ce qu'il se trompe, lui aussi, maintenant qu'il est adulte ? Et ses enfants se tromperont-ils en grandissant ? La ritournelle éternelle des enfants qui sont l'avenir, la promesse d'un monde meilleur parce que nous, les adultes, on a bien merdé. À quel moment ? On ne sait pas trop. On continue de mettre tous nos espoirs en nos enfants pour que les promesses soient enfin tenues. Et ainsi de suite. Est-ce normal, se demande Darius, de se sentir du côté des enfants quand on est un adulte ?

Les familiers

Depuis qu'il a décidé de vivre en adulte, Darius a la sensation que tout lui est familier. Où qu'il aille, il retrouve la plupart du temps des catégories de gens qu'il a déjà rencontrées. Certaines personnes, alors qu'il ne les fréquente que pour la première fois, lui sont tellement familières qu'il pourrait deviner leurs paroles, leurs intentions.

C'est agréable. La boulangère ressemble à la fromagère, il peut leur faire le même genre de blague récurrente. Il sait que chacune donnera un morceau de pain ou de fromage aux enfants. La conseillère bancaire est le sosie d'une des élèves du cours de danse qu'il continue de donner au Centre le jeudi soir. Le mec au bar est le même qu'au kiosque à journaux et que le père de Killian en CP B. La dame de la mairie chez qui il dépose le dossier d'inscription à la cantine ressemble à celle de l'accueil du centre de loisirs. Le livreur Chronopost est aussi le serveur du café d'en bas. L'hôtesse de l'air, sa médecin. Les parents de Pablo en CP A ressemblent aux parents de Gaspard en CP B, mais aussi à ce couple qu'il a croisé à plusieurs reprises dans son café habituel, et aussi à ces parents qui assistent régulièrement aux lectures enfantines à la librairie. Ils portent un pantalon en velours côtelé, un manteau épais gris clair, un tote bag, elle a les cheveux bruns lâchés, elle est peu maquillée, il a les cheveux gris-blanc malgré des traits juvéniles et porte un pull en maille bleu marine de bonne facture. Leur enfant est beau, bien habillé. Elle laisse ses mèches grises pour assumer son féminin, il a une barbe et des lunettes en écaille, ils s'habillent en soldes chez APC, American Vintage, The Kooples. Ils attachent une grande importance au contenu et aux illustrations des livres qu'ils achètent. S'évertuent tant que possible à éloigner leurs enfants des écrans, s'enchantent de leur vie de quartier si fluide depuis qu'ils sont parents. À bien y regarder, Simon, Sonia, Aline et lui sont pareils.

Ça y est, enfin, Darius est comme les autres!

Il se délecte d'être au cœur de la vie. Une routine douce : un café après avoir déposé les enfants à l'école, ouvrir la librairie, payer les factures tous les mois, se targuer de s'occuper de l'administratif. Il a tout réparti en catégories : l'appartement, la cantine, les soins médicaux, les activités extrascolaires, les travaux, les voyages, les démarches diverses. Tout est classé, répertorié. Dans la cuisine, il tient un tableau où est listé et daté ce qu'il ne faut pas oublier : du rappel DT polio de leur fille au deuxième tiers des impôts à régler, rien n'est mis de côté. Il est organisé, c'est clair, sa vie est là : sur ce tableau, les éléments datés et listés ressemblent à la frise de sa classe de CE1, la frise du temps, la frise de ce que sa vie lui réserve. Darius est rassuré de voir que tout est bien huilé, que les virages et les torsions temporelles sont derrière lui. Aline est admirative que son mec gère si bien, contrairement aux idées reçues sur les hommes et les femmes. Tout fonctionne à merveille dans le meilleur des mondes.

La gardienne de l'école est la même que la dame du premier qui est identique à la vendeuse de chaussures. Le type qui traverse ressemble tellement au flic qui lui a mis une amende pour avoir stationné dans une livraison à trait unique. Le type au distributeur, là, c'est son ancien prof de maths, c'est le type des impôts, c'est le clochard de Jourdain. Le vertige. Darius est sur une grande roue qui tourne dans un sens puis dans l'autre, marche avant, marche arrière, impossible d'en descendre. Toute personne est apparentée à un milieu dont elle a si bien adopté les codes qu'elle perd toute singularité. Cette personne ne réserve rien d'inattendu. Son enterrement ressemblera à celui de ses semblables.

Darius se trouve comme le personnage d'un Tex Avery qui poursuit sa course et ne réalise qu'en s'arrêtant que, sous ses pieds, c'est le vide.

Panique.

Dès lors, plus il avance dans sa vie, plus Darius se sent perdu et prisonnier dans le tourbillon du temps. Le temps prend cette fois la forme de cercles qui se superposent en une construction hybride et improbable dans laquelle il est piégé. La spirale infinie des illusions. Il n'avance pas dans la vie comme sur le tapis roulant d'un aéroport qui conduit d'un terminal à un autre. Darius est plutôt sur le tapis des bagages et il passe et repasse sans que personne ne vienne le récupérer. Et puis, de nos jours, à cause de Vigipirate, un bagage oublié est détruit.

Si le monde est enroulé sur lui-même, alors, selon où il se trouve, Darius pourrait voir ce qui adviendra et ce qui a été. Mais comment savoir dans quel sens on regarde ? Regarde-t-il ce qui sera ou ce qui a été ? Un coup d'œil à droite, à gauche, choisir une nouvelle direction. Puis marcher.

Il marche comme le personnage du générique du dessin animé de son enfance *Il était une fois... l'Homme*. Ce personnage, sur la *Toccata et fugue* de Bach, marche d'un pas dynamique et enjoué, bien décidé à traverser les âges, mais il reste sur place. La musique évoque une fugue, mais les époques et les dates défilent derrière lui tandis que son pas reste le même. Il passe à travers le temps, à travers l'histoire de l'humanité, naïf et tout content. Il change de costume, enfin plutôt, des tenues se succèdent sur lui, tandis qu'il garde une expression tranquille et sereine. Cependant, à la fin du générique, le personnage fuit réellement la folie des hommes dans une fusée, et la Terre explose.

Darius fixe le tableau de vie sur le frigo de la cuisine. Lui aussi ressemble aux autres parents et leur ressemblera de plus en plus. Il plonge dans le cercle des personnes familières et s'enfonce dans l'anonymat de l'existence.

Il fixe le tableau de vie. Il vient de terminer de remplir le formulaire de la CAF. Il doit emmener les enfants faire des photos d'identité. Pour les féliciter, il a prévu de leur acheter à chacun un paquet de cartes Pokémon. Ils s'arrêteront au magasin bio acheter de quoi faire une soupe ce soir. Ensuite, Aline prendra le relais, car nous sommes jeudi et il ira donner son cours de danse. Les enfants dormiront quand il rentrera, mais c'est promis, demain, c'est lui qui racontera l'histoire.

Raconte l'histoire

Demain, c'est lui qui racontera l'histoire. Darius marche dans la rue et s'entend répéter *Demain, c'est moi qui raconte l'histoire*. Quelle histoire ? Pourquoi attendre demain ? Cette phrase résonne en lui : *C'est moi qui raconte l'histoire.*

Il se rend à pied à la salle située à l'autre bout de l'arrondissement. On dirait qu'il est le seul à marcher à contresens, il croise les gens sans les regarder, la foule anonyme. Peut-être y avait-il une connaissance, comme c'est toujours le cas dans le quartier. Il ne l'aura pas vue. Plongé dans ses pensées, Darius marche d'un pas vif. Son cœur palpite. *C'est moi qui raconte l'histoire.* Cette sentence associée au tableau de vie s'impose sur sa rétine dans un effet stroboscopique. Tout est là, inscrit, scellé, comme si ça avait été décidé par quelqu'un d'autre alors que c'est lui qui raconte l'histoire !

Darius accélère. Son cœur bat la chamade, il a la tête qui tourne. Il voudrait annuler le cours. Mais trop tard. Des élèves attendent. « Salut », « salut ». Plus ils prennent de l'assurance, plus ils s'habillent comme dans une comédie musicale des années 70/80. Pourtant, aucun d'entre eux ne danse comme dans *Fame*. Le seul point commun avec les danseurs des films, c'est la posture d'attente quand Darius montre un enchaînement à reproduire : les mains à la taille ou derrière la nuque, une posture légèrement déhanchée, l'air sérieux, impliqué.

Le cours se termine. Darius n'a pas l'impression qu'il a eu lieu. Il est passé comme un nuage. Était-il vraiment là ? La dernière élève s'en va, il tamponne sa carte. Il lui reste deux cours avant d'en prendre une nouvelle à 110 euros, valable trois mois. Mais elle part en voyage, au Chili. « C'est pas grave si ça mord sur le quatrième mois ? » « Aucun problème », assure Darius sans avoir écouté ses motivations à visiter le Chili pendant trois semaines.

Darius est maintenant seul dans la salle vide.

Le vertige le reprend. *C'est moi qui raconte l'histoire.* Mais personne ne la regarde, personne ne s'en souviendra. Encore un moment de cinéma secret. L'éclairage de quelques néons de service de la salle, Darius en tenue, seul dans cette ancienne bonneterie transformée en studio de danse. Les phares des voitures qui éclairent la pièce à intervalles réguliers.

Personne ne verra.

Personne ne saura jamais.

Il ne pourra pas dire à ses enfants « tu sais, cette scène que tu adores dans *Saturday Night Fever*, eh bien, je l'ai vécue en vrai. Et c'était aussi beau, même encore plus, que dans le film. »

On s'en fout, le film, on le voit ensemble, ça se partage, on s'en souvient, on peut repasser la scène en boucle. Tandis que ce moment de vie si intense ne concerne que lui, il sera le seul informé, et s'il doit le repasser en boucle, ce sera en souvenir. Pas le temps de revivre quelque chose à l'identique, la frise du temps n'a rien d'une bande magnétique rembobinable à l'infini.

Darius est au milieu de la salle, seul, et son corps devient si dense qu'il semble sur le point d'imploser. On est en train de le serrer fort par la taille, de lui écraser le plexus, on enserre son crâne, sa gorge. Aucun son ne sort. Lui revient l'image d'Alexis qui manque violemment un virage et se jette en silence dans le ravin. Tout voudrait sortir, mais cette tempête serait si dévastatrice que des mains invisibles sont là pour l'en empêcher. Des démons, entités de la police du tout va bien. Elles l'étouffent. Alors, l'anxiété inonde ses veines de son liquide brûlant et douloureux.

Darius met de la musique. Peu importe le morceau. Il faut qu'elle entre sous sa chair, que la vibration qu'elle émet le nourrisse de sa sève. La tablette de la salle est connectée à Deezer, le choix du morceau est aléatoire. Le *Köln Concert* de Keith Jarrett. Improbable. Il y a un peu de la voix d'Alain : « Un pur chef-d'œuvre ! Un pur chef-d'œuvre ! » La musique commence à glisser en Darius, il a besoin de bouger sur une sonorité dans laquelle aller puiser ce qu'il y a au plus profond de lui-même, et le sortir, dérouler tous ses intestins là devant lui, tirer dessus et les malaxer. Trop d'énergie enfermée, des nœuds d'émotions et de sensations forment une pelote si emmêlée qu'il devient urgent de la dérouler, de libérer les fils enchevêtrés de son existence. Si ce n'est pas la musique, c'est l'angoisse qui s'empare de son corps. Elle y circule librement et décide de jaillir où et quand elle veut. Elle glisse tel un serpent sournois, un monstre de film asiatique qui prend son temps dans des galeries souterraines avant de surgir brusquement et d'engloutir une ville entière.

Darius la sent au point de suivre son chemin : là, elle passe sous ses côtes, remonte par l'omoplate, longe sa colonne vertébrale, redescend par le bras, va sortir par la main, non, brusquement, elle retourne aux côtes pour envahir les poumons et prendre soudain la forme d'une raie qui s'étale et lui comprime le torse.

Mais rempli du sérum puissant que lui a procuré la musique, Darius tente des mouvements. Timides, d'abord. Puis, il chasse les mains invisibles qui l'enserraient, celles sur ses reins, son plexus, sa tête et sa gorge, ses chevilles, ses cuisses, son dos. Il s'en débarrasse à l'aide de ses gestes puissants, secs et agiles. La grâce prend le dessus. Les ronds de jambe parfaits. La pelote se déroule, les fils se libèrent comme une pieuvre déployant ses tentacules. Le serpent d'angoisse retourne auprès des Léviathans de la rivière souterraine de l'inconscient, il se cache sous la vase.

Darius se sent plus vivant que jamais.

Il danse, fait taire l'hydre aux mille voix.

Pour se faire une place, Darius n'avait partagé que des souvenirs superficiels et faciles à transmettre. Il avait donné le change : une image de lui faite d'anecdotes acceptables, plutôt conventionnelles, qui ne bousculent pas une existence tranquille à laquelle chacun aspire. Il aurait pu écrire *Les souvenirs pour les Nuls*.

Tandis que son corps se libère, il réalise que, jusqu'à présent, ses aspérités et ses particularités s'effaçaient sous l'uniforme. L'uniforme d'un adulte normal.

Jusqu'à ce que le masque s'effrite.

Gilbert
L'après

« Je suis seul avec le temps. »

Michel Berger

Seras-tu là ?

– Ha, ha, ha, s'esclaffe Simon, Michel Berger !

Une terrasse, un dimanche midi, sur une place piétonne ensoleillée.

– Moi, j'aime bien Michel Berger, murmure Aline.

Sonia approuve. Elle avoue avoir versé une mini larme en tombant par hasard sur *Seras-tu là ?*. Darius s'engouffre dans la brèche des chansons tristes : dans celle où Françoise Hardy entonne « Si tu crois un jour que tu m'aimes, cours, cours jusqu'à perdre haleine », il est transporté. Il aurait envie de se précipiter vers un amour de jeunesse lointain, une histoire à rebours qui aurait pu mais qui n'a pas. Rien que cette course effrénée vers le passé insufflerait de l'énergie pour vivre encore cent ans ! On rit. De ce rire teinté de pudeur et de nostalgie. Chacun plonge dans un océan de souvenirs. Darius pense à Judith, mais se garde bien de le formuler. Les yeux verts de Simon prennent une teinte grise, on dirait la mer avant la tempête. Sonia est intriguée, même si elle est bien obligée d'admettre qu'elle aussi s'abandonne dans un souvenir qui n'est pas Simon.

Aline renchérit : « Allez, on a tous une chanson secrète… » Un morceau qui réveille une étincelle d'intimité qu'on n'ose pas partager. Une pulsion de vie. Un sursaut pour se rappeler que non ce n'est pas fini, on ressent : on est encore là.

À ces mots, Darius est rassuré : Aline est encore là, elle n'est pas en train de se dissoudre dans sa propre tristesse comme Charline.

Simon éclate de rire : si, si, bien sûr. Il voulait juste dire que Michel Berger, c'est un peu mainstream, c'est tout.

– Quel snob ! s'énerve Sonia.

– Il n'empêche, moi, je comprends des paroles que je ne comprenais pas quand j'étais petite, relance Aline. Et pire, j'aime bien ces chansons.

– Oui, oui, oui ! s'enthousiasme Darius. Ça me fait ça avec William Sheller ou Véronique Sanson. Ça fiche un coup de vieux.

– Aimer des chansons d'adultes, c'est être adulte, déduit Simon.

Sonia poursuit, d'un ton enjoué :

– Et Balavoine, quand même ! *SOS d'un terrien en détresse* !

– Oh, cette chanson me fait chialer, murmure Aline avec un sourire légèrement ironique.

Un sourire pour masquer la véritable émotion brute que provoque cette chanson. Un sourire pour les protéger, elle et ses interlocuteurs, d'un torrent de larmes dévastateur et assassin.

Darius se dit qu'il aime la solitude intérieure dans laquelle on s'installe à l'écoute de ces chansons. Elle est à la fois triste et réconfortante.

Qui n'a pas un morceau caché qu'il a honte d'aimer affectueusement, comme Alexis qui rêvait des Enfoirés jusqu'à en mourir ? Une musique qui nous fait rire et pleurer. Rire si on la révèle, parce qu'on se sentirait un peu ridicule, mais surtout pour contenir le bouillonnement d'émotions, pour se préserver parce que ça nous touche profondément. Rire, mettre la distance du second degré pour éviter le tragique. Rire pour envelopper une émotion plus profonde et effrayante à assumer, comme lorsque Charline et Alain pleuraient de rire pour éviter de se jeter l'un sur l'autre. Pleurer : pour se soulager ensuite, et parce qu'elle nous promet de nous offrir ce dont on rêve sans jamais l'obtenir. Pleurer parce qu'on pourrait, mais qu'on ne pourra jamais.

Il y a un point où le rire et la tristesse se touchent. À partir de ce point, nous voici animés, on ressent intensément le fait d'être vivant. Le rire se glisse dans les fêlures et résonne entre les êtres. Il se diffuse, fait écho en chacun, reliant, entrainant.

Ou au contraire, il fracture lorsque certains n'ont pas le même humour.

« Ça ne me fait pas rire », avait un jour lâché froidement Caroline lorsque Charline, Alain, Darius et ses parents avaient détourné le sérieux d'une cérémonie trop protocolaire diffusée en hommage à une personnalité. Sous la sentence autoritaire de Caroline, tels des enfants pris en faute, ils avaient cessé de rire. Punis. Le groupe était brisé par Caroline ; dans un premier temps, ils avaient eu l'impression d'être coupés d'elle à cause d'un humour différent. Mais finalement, par cette cassure, ils se rapprochaient – eux – comme des atomes pour se reconstituer. En fin de compte, cette séparation les reliait grâce au rire, il était le dénominateur commun qui installerait cet événement dans leur mémoire partagée à tous.

Le tapis roulant de l'existence

Gilbert ne prend jamais les transports en commun. Une sorte de dégoût de la masse qu'il déguise en un bonheur d'être dans sa voiture, même pendant les embouteillages. Son sentiment de liberté à lui.

Mais le voilà ce jour de juillet, à emprunter le long couloir de la gare Montparnasse. Les parents de Darius ont pris les petits-enfants en vacances, et, profitant du fait que Darius les rejoindrait aussi, ils ont proposé à Gilbert de venir passer quelques jours avec eux dans cette maison de location près de Lorient. La Bretagne, ça change de tous ces étés caniculaires en Méditerranée. Gilbert voudrait prendre un taxi, mais juste pour remonter la rue de Rennes, c'est ridicule. Trop à la bourre pour marcher, et le bus qui indique éternellement 7 minutes d'attente. Non, vraiment, pas le choix : la ligne 4. Ça ne sera pas long.

Masquant tant que possible sa gêne derrière une bonhomie rassurante, Gilbert glisse maladroitement son ticket dans l'un des rares tourniquets encore prévus à cet effet, se débat avec sa valise, récupère son ticket tandis que son bagage se coince à moitié dans le tourniquet métallique, il faut forcer tout en poussant la porte battante qui se referme trop vite, bloquant de nouveau ses affaires.

Darius, lui, a un Pass Navigo. Gling. Il peut rapidement s'insérer dans le flux des voyageurs. Ne pas subir les réprobations qui émanent derrière quelqu'un qui, comme Gilbert, ose encore utiliser un ticket. Les serpents souterrains d'une seule voix : « Tu vois bien que tu ralentis tout le monde avec ton ticket ! Tu vois bien que tu es d'un autre temps, d'une autre époque ! »

Darius déteste tout ce qui se termine en *éo*. Le Pass Navigo, le programme Oséo. Viméo. Les Novéos, le Mouvéo, tous ces trucs qui se veulent nouveau parce que ça contient *néo*. Lui, il entend *norméo*, hé ho, hé ho ! Un appel insupportable à la normalité. Hé ! Oh ! Un homme s'impatiente derrière Gilbert qui est resté près du tourniquet avec sa valise noire au liseré rouge. Darius l'aide à la porter. Gilbert insiste : elle a quatre roues, elle avance toute seule.

« Cette valise n'a plus besoin de moi », ironise-t-il. Darius comprend pourquoi Alain et Gilbert étaient si proches. Ce même humour désuet, une distance permanente sur tout, allant jusqu'à être cyniques de leur propre cynisme.

Puis Gilbert s'engage sur le tapis roulant. Darius le regarde, amusé : un défi.

Darius marche toujours à côté des tapis roulants de peur qu'ils tombent en panne. Et puis il ne supporte pas de devoir adapter son propre rythme à celui d'un mouvement imposé. Sur un sol stable, il peut se déplacer à sa guise. Il n'est pas obligé de suivre la cadence des gens pressés. Darius sourit à Gilbert. « J'irai plus vite que toi. »

Gilbert marche, soutenu par l'allure du tapis. Darius danse presque parmi le flot des voyageurs parallèle au tapis mécanique. Son corps est plus agile, plus souple, il se faufile avec grâce. Il arrive à la hauteur de Gilbert qui ralentit. Darius se retourne, « bah, alors ? », son sourire de Darry Cowl. Il diminue son allure. Gilbert s'est arrêté. Gilbert le dépasse, immobile. Darius accélère. Gilbert est appuyé sur sa valise. Des gens s'impatientent, le bousculent. Une annonce sonore rappelle de ne pas laisser ses bagages sans surveillance. Darius ne voit plus Gilbert que de dos. À petites foulées, il le rattrape. Des pickpockets sont susceptibles d'agir dans cette station, rappelle l'annonce, veuillez veiller à vos effets personnels. Darius a dépassé Gilbert, il est figé, une statue de cire. Darius se précipite à l'issue du tapis roulant, la valise à quatre roues Samsonite poursuit son chemin toute seule. Gilbert s'effondre.

Jamais deux sans trois
(Au-delà des doublons)

Le cimetière du Père-Lachaise.

Plus personne pour l'appeler *mon petit Darry*. Personne à qui dire « ah non, moi, c'est Darius, tout simplement. » *Dare*, oser en anglais. Dard, celui d'une abeille qui butine et permet aux espèces de vivre. Celui d'un frelon qui pénètre ta peau insensible à tout contact extérieur pour faire remonter subitement l'intensité de tes émotions enfouies depuis que tu t'es engagé sur le tapis roulant de l'âge adulte. Rappelle-toi ! Tu avances sur ce tapis roulant comme dans le long couloir d'une correspondance dans le métro. Tu suis le flot continu des gens qui marchent. Tu hésites à dépasser, tu te fais doubler, tu te demandes pourquoi certains s'arrêtent : que font-ils ? Pourquoi se laissent-ils porter ainsi ? N'ont-ils rien à accomplir ?

Il y a un âge où quand on meurt, les gens considèrent qu'on a bien vécu. Après tout, 81 ans, ce n'est pas si mal. À cet enterrement, tout le monde sait qui est Darius : c'est celui qui a alerté les pompiers, a tenté un massage cardiaque, a délimité un périmètre de sécurité. Il a fait ce qu'il fallait faire. Il a fait du mieux possible.

La valise Samsonite avait poursuivi son voyage en parfaite autonomie. Le trafic avait été interrompu en raison d'un voyageur malade, puis d'un colis suspect : le bagage de Gilbert à quelques mètres, que les services de déminage ont fait exploser car son propriétaire ne se manifestait pas pour le récupérer. Tandis que Gilbert finissait sa vie au bout du tapis roulant de la gare Montparnasse, que le TGV 6467 à destination de Brest n'allait pas les attendre, les usagers du métro parisien s'entassaient dans les rames bondées des correspondances que les agents les invitaient à emprunter. Et les places 44 et 45 de la voiture 5 du TGV 6467 resteraient vides.

Alors que la foule est assise dans la salle au plafond si magique du crématorium, les parents de Darius ont pris la parole. Cette scène projette Darius à l'enterrement de ces derniers. Ce sera triste. Darius se demande s'il vaut mieux mourir avant ou après son entourage, s'il vaut mieux qu'il y ait plein de monde à son propre enterrement ou bien avoir vu les vies des autres. D'ailleurs, Darius se demande jusqu'à quel âge il y a du monde aux enterrements.

Puis André, le frère de Gilbert, de deux ans son cadet, fourmille d'anecdotes. Des Noëls où il récupérait les jouets de son grand frère à la peur des Allemands dans un Paris occupé vide et silencieux. André raconte la passion de son aîné pour la presse. Les journaux, l'information, l'analyse de l'actualité. Tour à tour, on dépeint un homme déterminé, courageux, qui allait de l'avant, dont la réussite sociale est amplement méritée. Gilbert, franc, travailleur, intègre, exigeant, mais aussi bon vivant et passionné. On reparle du couple qu'il formait avec Charline, de leurs enfants dont ils seraient si fiers. Dans la lignée au tracé parfait d'une réussite chaleureuse. Aucune faille, l'amour est là, « nous avons toujours été protégés », formule Nina, leur fille.

Entre les discours, on passe les morceaux que Gilbert aurait, d'après ses enfants, choisis : le *Requiem* de Mozart, la *Rhapsody in Blue* de Gershwin, et un Brassens : quatre-vingt-quinze fois sur cent, la femme s'emmerde en baisant. Ça fait rire tout le monde. Des photos de Charline et lui défilent sur l'écran numérique. Des photos d'Alain et lui. Des photos de Charline, Alain et lui. « Quatre-vingt-quinze fois sur cent, la femme s'emmerde en baisant… »

On dira de Gilbert qu'il aura été jusqu'au bout de sa vie. Cette expression se fige dans l'esprit de Darius : mais enfin, qui ne va pas au bout de sa vie ?

Lui ?

Les enfants de Gilbert sont au premier rang, accompagnés de leurs propres enfants et des ex-conjoints qui sont venus en soutien. Darius observe la silhouette d'Adrien, il se demande si son ex-femme porte la même robe noire qu'à l'enterrement de Charline. Adrien, de dos, ses épaules rentrées, sa tête légèrement penchée vers la droite, comme quand il était petit. Adrien se lève, Darius a l'impression de revoir le petit garçon avec qui il jouait à traverser le long couloir de la rue Keller en ne marchant que sur les plaintes, comme dans la pub Banga.

Contrairement à l'enterrement de leur mère, les enfants prennent la parole séparément, avec des mots. Adrien tient quelques feuilles volantes à la main et rend hommage à son père. « Il a toujours aimé creuser, aller au fond des choses, c'était son truc. Creuser. Papa a vécu en creusant un sillon qui laissera une belle trace. » Darius ne peut s'empêcher d'entendre « Creuse la terre, creuse le temps » de la chanson de Georges Brassens.

Cette fois, c'est un liquide gelé qui envahit le moindre canal de son corps. L'expression « qui glace le sang » l'envahit. Il se pétrifie. Il reste immobile, aussi froid que le marbre des tombes. À 40 ans et des poussières, Darius se sent soudain mort. Il a chuté dans une tranchée où il sera retrouvé délavé lorsque la neige qui l'a recouvert aura fondu. L'effroi a submergé Darius, il fait nuit à l'intérieur de lui, une nuit sombre, profonde, l'eau a gelé à la surface et il disparaît dans la coulée creusée par les guerres, Gilbert et Martin misère. Darius est dans un fossé recouvert d'une plaque de marbre aussi froide qu'une nuit infinie.

Occupations

Ce que chacun ignore, c'est que Gilbert a passé sa vie à attendre sa mort. Il l'a préparée. Depuis ses 5 ou 6 ans, dans un Paris silencieux qui pouvait être détruit n'importe quand, où ses camardes et voisins disparaissaient sans qu'il ne comprenne pourquoi, où l'on ne pouvait pas manger tout ce que l'on voulait. Dans un Paris en noir et blanc qu'il s'est juré de mettre en couleur, il protège son frère et il prépare l'après : sa mort, sa mémoire, son enterrement. Il fabrique ses souvenirs. Il refuse de raconter cette enfance où il ne comprenait rien. Quand, par exemple, la gardienne de son immeuble lui a dit « toi, tu ne risques rien », il n'a rien compris. Comme dans un conte, ses peurs d'enfants semblent coller à une réalité historique qui le dépasse complètement. C'est ça, la vie ? La guerre ? Ça va durer longtemps ? Où sont les gens ?

Pourquoi est-ce qu'on ne lui explique rien ? La vérité est apparue plus tard, avec la couleur.

Il en aura fallu des couleurs, plein, trop, des couleurs criardes, psychédéliques, une vie ostentatoire, pour oublier le noir et blanc du siècle de la mort. Foncer, exagérer, aller au bout, laisser une trace si profonde que l'horreur y serait enfouie pour ne plus jamais resurgir.

Lui, enfant, a juste vécu normalement alors que le monde entier s'embrasait et étouffait sous les cendres. Et ce, sans raison. Gilbert n'a jamais saisi pourquoi. Pourquoi lui et pas les autres. Pourquoi les autres et pas lui.

Alors, la couleur, les pattes d'eph' violets, les chemises jaunes à motifs, les meubles orange, une musique forte, des fleurs, de l'énergie, de l'éclairage, de la chaleur, tout, tout, tout pour que l'humanité survive. Que tout soit clinquant, étincelant, vif, trop lumineux ! Une réponse agressive, tapageuse et brutale à l'ombre qui a recouvert son enfance.

Pour justifier, comprendre, capter ce que l'on ne lui a jamais expliqué : l'info. Sa passion pour l'info. Mettre des mots et des images là où le silence a pris trop de place. Un silence insondable.

Une mémoire dont il sent qu'elle fonctionnera par ricochet, en boomerang, dont les échos n'en finiront pas de résonner à travers les silences.

À son adolescence, il a l'impression que pour combler ce vide insupportable de l'innommable, on a divisé les gens en deux catégories : les héros et les losers. Par la suite, surgissent les victimes, telle une armée de revenants émergeant du brouillard qui avait recouvert son enfance.

Et puis, il y a les ni-ni. Ceux qui n'ont rien de particulier, comme lui. Gilbert est un ni-ni : ni victime, ni bourreau. N'ayant pas eu à choisir son camp, il a été témoin d'un événement majeur sans agir. Il fait partie de ceux qui n'ont ni fait, ni rien fait. Trop petit pour appréhender, pour agir. Est-ce qu'il aurait fait quelque chose s'il n'avait pas été un enfant ? Pourquoi des enfants pouvaient mourir alors que lui, au même âge, ne pouvait pas agir ?

C'est comme s'il n'avait servi à rien alors que l'époque demandait que l'on s'investisse, que l'on ait un destin.

Alors il prend la posture. La posture de celui qui analyse et maîtrise. Mais au fond, tout ce qu'il cherche, c'est consoler l'enfant qui devait protéger son petit frère d'un ennemi qui n'avait rien contre eux, mais qui pouvait tout détruire à n'importe quel moment.

Gilbert a révolutionné l'information, il a contribué à l'essor de la presse, à laisser des traces officielles. Pour « le monde », la foule, « les gens ». Il a brillé en société même quand les couleurs d'une époque glorieuse se sont ternies. Il s'est targué, avec Alain et le père de Darius, d'avoir été pionnier d'un tas de choses, dans une période où tout était possible.

Ils ne voyaient pas que le serpent rôdait encore. Ils ne se rendaient pas compte que ce qu'ils croyaient construire, que le sillage qu'ils gravaient était en fait les entailles d'une nouvelle destruction terrible à laquelle les générations futures devraient faire face. Ces cicatrices encore béantes, ils les avaient juste calfeutrées, mais jamais réparées.

Gilbert ne voulait pas participer à ce qui fissure le monde, l'histoire et le temps. Il ne voulait pas racler les plaies de la planète. Il voulait déposer une balise, un repère, c'est tout. Laisser une trace, juste une foulée. Une empreinte, belle, douce, même simplement décorative. Voilà pourquoi Gilbert a décidé d'enfouir toutes ses angoisses et ses émotions sous une réussite stable, figée, rassurante et immuable. Ce que Gilbert a choisi de laisser comme souvenirs lui a permis d'être accepté, de briller socialement et d'être réconforté. Gilbert est un tampon, un label. Mais peut-on transmettre quelque chose de statique ? Une marque, ce n'est pas vraiment un chemin, une trace ne donne pas forcément de direction.

Il aurait sans doute été possible de laisser une trainée derrière soi qui ne soit pas une onde de choc. Juste une ondulation. Comme le son.

Ces sons qui font exister les silences. Gilbert a besoin que les bruits soient très distincts, sinon le silence disparaîtrait et son enfance avec. Dans le brouhaha, impossible de se retrouver. Le son d'une cloche, par exemple, voilà ce qui rassure Gilbert. Un son de cloche, même lointain, l'ancre, lui rappelle qu'il est là, bien vivant. Rien à voir avec les églises, les villages paisibles, cliché de la douce France, non, non. Pour Gilbert, le son d'une cloche, c'est le signal que le temps passe, qu'il ne s'est pas arrêté, et donc que le monde existe encore. Et, par conséquent, qu'il peut rester. Si les cloches s'arrêtaient de sonner, si le temps s'arrêtait, alors il disparaîtrait. Si le temps s'arrêtait, lui, Gilbert, ne pourrait pas s'écouler avec le monde. La cloche, c'est la vibration dans ce Paris occupé par le silence : la vie existe encore quelque part puisque le temps passe. Enfant seul dans la guerre des adultes. Paradoxalement, il se sent vivant dans ce monde de morts.

Le vol d'anecdote

Dans la famille de Gilbert, on ne parle jamais de la mort, même si elle est omniprésente. Petit, on ne l'emmène pas aux enterrements, car ça pourrait le choquer. Ni à l'hôpital, ni dans les chambres mortuaires. Parce que ça pourrait le traumatiser, laisser des stigmates. Alors, Gilbert et son frère André restent à la maison en attendant le retour des grandes personnes et ils supposent, échafaudent et conçoivent. Leur imagination laisse des impressions effroyables: les griffes d'un monstre le long du mur du couloir qui mène à leur chambre. Les empreintes de pas noires, sales, de cet être venu rôder près de leur lit. La créature n'est pas loin, elle pourrait surgir à tout moment et décider de s'en prendre à eux. Elle les a épargnés pendant la guerre, mais peut changer d'avis à tout moment. Car qu'est-ce qu'André et Gilbert ont de différent des autres enfants pour ne pas être emportés ? Au nom de quoi le monstre des cauchemars les épargnerait-il ?

Petit, il doit partager sa chambre, les jouets, et le silence, avec son frère. Mais aussi les souvenirs. Ses parents s'évertuent à les répartir équitablement entre l'un et l'autre de leurs fils.

C'est ainsi que Gilbert s'est vu voler une anecdote sans n'avoir rien pu faire. Ses parents racontent à tout le monde l'histoire d'André qui s'était perdu dans la forêt à 7 ans et a retrouvé tout seul le chemin de la ferme où ils passaient des vacances. Alors que Gilbert sait très bien que c'est à lui que c'est arrivé. C'est lui qui a choisi le mauvais sentier à l'embranchement et a rencontré un homme, un chasseur peut-être, qui l'a aidé à retourner sur ses pas. Mais face à la mine réjouie de son frère soudain au centre de l'attention, il n'a pas la force de contredire sa famille. Avec le temps, il en est même arrivé à se demander si cette anecdote ne concernait pas réellement son frère et que lui, Gilbert, aurait voulu se l'approprier parce qu'elle serait en mesure de le définir. Si le chasseur existait encore, il pourrait témoigner, mais il ne reste de lui que la réminiscence d'une figure sortie d'un conte.

Préoccupations

Après la disparition de Charline, Gilbert n'a eu de cesse de courir à rebours. Perdu. Perdu dans une ville dont il ne comprend plus les repères. Son quartier, qu'il avait choisi pour les cafés, les commerces vivants et les librairies, est devenu un centre commercial à ciel ouvert. Tout a tellement changé qu'il s'accroche aux quelques endroits persistants : un bureau de tabac, une librairie juridique qui soudain prend tout un autre sens et devient emblématique au lieu d'être une intruse.

Ses enfants sont grands, insérés dans la société, protégés par les emprunts immobiliers, le mariage, le divorce et la résidence secondaire, les petits-enfants qui se développent et vont d'activité en activité. Tout le monde est occupé, et les cicatrices, les brisures strillant le monde se rouvrent. Gilbert se retrouve face à lui-même. Il n'a plus besoin de souvenirs puisqu'il n'a plus personne à qui les raconter. Désormais, personne ne se préoccupe de lui. Sa solitude, depuis le départ de Charline, est la même que celle de son enfance. Il sait, dès lors, qu'il est déjà dans la matrice qui le mène vers l'au-delà.

Gilbert, barricadé dans son rôle social pour oublier l'enfant qui pleurait. Mais à l'approche de la mort, il revient. Peu importe la fonction quand on est seul devant le passage. Sur ce tapis roulant, Gilbert sait. À peine a-t-il posé son pied sur le sol métallique et les roues de sa valise se bloquent-elles dans les rainures, qu'il comprend. C'est la fin.

Darius court. Gilbert ne s'est pas senti aussi vivant depuis longtemps. Il aurait voulu enjamber la rampe et rejoindre Darius dans l'autre allée. Mais c'est trop tard. L'étau se resserre, sa vue, sa tête! L'ombre au-dessus de lui, le sépia de son enfance, le gris. Le silence. Soudain, il est dans un conduit étroit, infiniment long. Un chemin qui dure un temps infini alors qu'il ne s'agit objectivement que de quelques secondes. Comme un bébé qui fatigue à parcourir la dizaine de centimètres qui lui permet de s'extirper du ventre de sa mère, Gilbert peine à sortir de sa vie. Le col est étroit. Trop étroit. Et sa tête, bon Dieu, sa tête!

En transit, sur le tapis roulant de la gare Montparnasse, Gilbert se souvient : ses vrais moments vécus, il ne les a racontés à personne. Les interviews, les idées, les analyses laisseront une marque dans l'humanité. Mais aucune trace de lui en tant qu'être humain, se dit-il en fermant les yeux. Il sent qu'il part. Il se souvient de ce que personne ne saura : du vol d'anecdote, de lui courant seul dans la neige à 5 ou 6 ans, heureux comme tout. De sa masturbation dans les toilettes des filles, en sixième, des cris de Charline à l'accouchement, de Charline, du rebondi sous ses fesses, de son impuissance face à son regard parfois si triste. De cette cigarette qu'il a fumée seul sur une aire d'autoroute. Du vol d'argent dans la caisse du café tenu par son oncle. D'avoir séché les cours. D'avoir pleuré quand Michèle avait dit non à sa demande en mariage en vacances à Saint-Raphaël à l'âge de 9 ans. D'avoir pleuré parce que son père l'avait un jour traité d'incapable, d'avoir secrètement pleuré de voir Charline si triste. Ces moments qu'on ne partage pas, ces souvenirs que l'on ne racontera jamais et qui se déposeront où ils peuvent, ensemble ou morcelés. Tout ça, il ne le raconte pas dans les entretiens, quand il est médiatisé, ni dans son livre *Mémoires actives*. Gilbert a laissé un récit fabriqué. Ses souvenirs s'éloignent avec la valise

Samsonite que les démineurs vont faire imploser. Le Big Bang d'une vie qui ira se répandre ici et là.

Les émotions que Gilbert s'est autorisé à partager avec son entourage ont été uniquement celles procurées par sa réussite sociale et matérielle. Joie d'une récompense, déception pour un projet reporté, indignation face à un événement politique. Tout est convivial et communication. Gilbert ne connaît pas l'intimité. Sauf avec Darius. Voici le seul événement intime que Gilbert lui ait confié, et qui ne figure dans aucun livre.

Adrien a 7 ans. Gilbert se penche sur lui pour l'embrasser et lui souhaiter une bonne nuit, Adrien le fixe de ses yeux purs et lui demande : « C'est quoi la mort ? On devient quoi quand on est mort ? » Le silence à l'intérieur de Gilbert est tout à coup le même qu'à Paris en 42. Un puits sans fond, sans issue. D'un ton qui se veut rassurant et paternel, il répond qu'on n'en sait rien. Mais Adrien insiste. « C'est quoi ? C'est comment ? Il se passe quoi, exactement ? » Gilbert voit tout en noir et blanc. Adrien est soudain son petit frère. Gilbert sent son corps se raidir. Sa respiration diminuer. Il a l'impression de rétrécir.

Comment dire à son fils « je ne sais pas » quand on est une personnalité d'une grande influence médiatique, qui maîtrise l'information qui plus est, et à qui ses propres parents n'ont jamais donné la moindre réponse à la moindre question ? Comment dire à son enfant « je ne sais pas, et j'ai aussi peur que toi » sans risquer que tout s'effondre, sans se retrouver instantanément propulsé dans une ville détruite par les bombes, où les gens sont raflés par milliers ? Comment ne pas se retrouver dans le néant ?

Gilbert voudrait s'allonger contre son fils et pleurer. Il voudrait lui confier son ignorance, blotti sous une couette aux motifs joyeux et colorés d'un dragon sans flammes et de gentilles créatures magiques.

Gilbert se redresse, prend sa voix posée des médias. Même en comité restreint, Gilbert donne toujours l'impression de s'adresser à un public. Il répond : « Ce qui compte, c'est le concret, c'est le maintenant. Ne t'inquiète pas. » Il ajoute : « Si personne n'est revenu pour nous dire que c'est nul, c'est que ça ne doit pas être si affreux. » Il s'en veut aussitôt d'avoir prononcé ces mots.

Son fils rit. Il répond : « Oui, mais on ne retourne pas là où on était avant de naître pour raconter comment c'est la vie. » Gilbert se glace. Combler le silence. Vite. Tout de suite. Il se noie dans des explications savantes : il y a des croyances diverses, mais il est temps de dormir, on en parlera demain.

Bien sûr, la discussion n'aura jamais lieu.

En quittant doucement la chambre et rejoignant Charline dans le salon pour regarder la télé, Gilbert imagine son fils assis sur son lit, les mains jointes, priant son propre Dieu de l'Enfance pour que personne ne meure. Puis embrasser ses doudous un à un comme si c'était la dernière fois.

Il n'y a aucune explication rationnelle au fait que Gilbert ait un jour partagé cette anecdote avec Darius. Si elle devait figurer dans un scénario, il faudrait faire appel à des ressorts dramaturgiques et une succession de faits pour justifier ce rapprochement. Mais là, dans la vraie vie, ça ne s'est pas présenté ainsi. C'est peut-être pour ça qu'ils se sont retrouvés dans les couloirs du temps, gare Montparnasse. C'est peut-être juste pour cette raison que Darius a accompagné Gilbert lors de sa mort alors qu'ils n'étaient pas si proches.

En écoutant la confidence de Gilbert, Darius a aussitôt songé à un cours de biologie en première. Comme la prof était canon, aucun mec ne séchait la bio. Au premier cours, elle s'était présentée, puis elle avait demandé à chacun de sortir une feuille et un stylo et d'y noter « leur définition de la vie ». Darius se revoit devant sa copie : « Qu'est-ce que la vie ? » demande la prof.

Pour chacun, la vie biologique, bien sûr.

Pour Darius, une question sans fin. La sueur, le cœur qui s'accélère. Il n'est plus dans une salle de classe mais dans une cabine de vol parabolique à la NASA. Il regarde chaque élève penché sur sa feuille, l'air de savoir aussi bien ce qu'est la vie que quel style vestimentaire adopter et à quel courant appartenir sans se poser de questions. Chacun trouve sa place, ils forment un écosystème parfait : la vie c'est nous. Darius n'y appartient pas, il n'a rien de la vie. Le haut de son thorax se compresse, se remplit d'un métal liquide qui promet de durcir vite et, une fois de plus, de le paralyser conscient. Paniqué, il quitte la salle.

À son retour, sous le regard envieux de tous les garçons de la classe, la prof de bio lui sert un verre d'eau sucrée parce qu'il ne peut s'agir que d'hypoglycémie. Cette eau lui fait l'effet d'un défibrillateur de série américaine type *Urgences*, même s'il n'a jamais eu à subir le choc électrique d'un défibrillateur. Vite ! On est en train de le perdre ! Choc ! Il ne sait pas ce que c'est que la vie ! Choc ! Il faut faire quelque chose, on le perd ! Choc ! Il ne sait pas ce que c'est que la vie ! Choc ! Il va donc savoir ce qu'est la mort ! Choc ! Non ! Une gorgée d'eau sucrée, une immense bouffée d'air !

Un réveil pour revenir ici et maintenant.

Où était-il ? Il ne sait pas plus ce qu'est la vie que la mort.

Peut-être passe-t-on sans arrêt de l'un à l'autre en se demandant à chaque fois ce qu'il y a de l'autre côté.

Le déluge

Il pleut. Le bruit de la pluie résonne sur le plafond du crématorium. Le fameux scénariste qui doit sa brillante carrière à un discours d'enterrement prend de nouveau la parole. Il enlève la paire de lunettes qu'il porte pour la remplacer par une autre qu'il sort de son étui d'une main tremblante. Le souffle court, d'une voix fatiguée, il évoque Gilbert avec qui il a baroudé dans des pays, des lieux, des villes où l'on ne peut plus aller aujourd'hui. L'éminent scénariste doit reprendre son souffle entre les phrases.

Il présente Gilbert comme celui qui a su parcourir ses textes comme aucun autre, qui lui a permis d'être invité à une émission importante, ou encore avec qui il a pu briller auprès d'une personnalité politique. Il ennuie la moitié de l'assemblée. Darius voit les échanges de regards, les dos qui se voûtent, ceux qui sont ailleurs. Et surtout, il entend la pluie. Il pleut si fort que les gens lèvent la tête. On dirait que certains préfèrent écouter la pluie que son discours. Les trombes d'eau recouvrent sa voix, c'en est presque comique.

Sous le fracas des gouttes, Darius se sent apaisé. Il se laisse bercer par le bruit de l'eau qui le recouvre d'une douce substance protectrice. Il pleut dehors, il est au sec, tout va bien, il est en sécurité. Il se remémore à quel point il aime entendre la pluie au théâtre ou au cinéma. Non pas parce qu'elle masque l'illusion, mais parce qu'elle lui rappelle que l'ailleurs existe. La pluie qui vient s'entrechoquer au plafond d'un théâtre ou d'un cinéma transforme la fiction qui se joue tout en rappelant qu'autre chose demeure en dehors de l'enceinte où il se trouve. Il peut être là et s'évader en même temps. Il n'y a aucun danger à s'échapper.

Il pleut encore plus fort. « Même le ciel lui demande de se taire », murmure Aline, un regard en coin malicieux vers Darius. Il esquisse un sourire. Il ne sait pas si c'est à cause de sa réplique ou de son regard espiègle et lumineux.

Et tandis que le scénariste s'agrippe au pupitre comme à un déambulateur pour relater un dîner au ministère avec Gilbert, tandis que cet auteur se rend hommage à lui-même en faisant croire qu'il parle d'un autre, Darius sent. Il perçoit que là, dans ce crématorium, ils sont plus nombreux qu'il n'y paraît : il y a des personnages. Il sent leur présence. Ces personnages trépignent et ne demandent qu'à plonger dans une œuvre. « Laisse-nous entrer ! On a besoin de toi pour exister ! Et tu as besoin de nous pour parler de toi ! » Mais le scénariste est trop obnubilé par lui-même pour les entendre, d'ailleurs, ça se voit physiquement : son nez penche vers son nombril.

En percevant ces personnages, Darius a le sentiment d'être lui aussi le héros d'un récit raconté par quelqu'un d'autre. Il est probablement dans une fiction avec Aline, Simon, Charline, Gilbert… échos d'un autre être dans les spirales du temps.

Mais alors, suppose Darius, si ce quelqu'un se sert de créatures fictives pour se raconter, peut-être que ce scénariste au nez tombant ne parle que de lui pour tenter désespérément d'être un autre.

Scrabble

Rires, musique douce et plénitude. Nouvelle scène de bonheur familial immuable à laquelle Darius repense pendant l'interminable discours de Monsieur Nombril. La famille joue au Scrabble. Darius observe leur fille s'amuser avec les lettres. Les enfants font et défont des mots sur le plateau de jeu, ce qui les fait rire aux éclats.

« Vite. Bite. »

« Maison, Raison. »

Ils jouent à « lettre secrète » : il s'agit d'écrire un mot en masquant une lettre interchangeable. Ensuite, on retourne la lettre cachée et si le joueur adverse a deviné, plus 20 points. Un Scrabble uniquement fait de mots à trous. Une lettre change, et le sens du mot avec. Darius se prend au jeu. Il fait des jeux de mots. Mot et mort sont si proches, seul le *r* les sépare, ou les relie, c'est selon. L'air.

L'air du vide, ou un air de musique. « Ha, ha, ha, blague de daron. »

Petit, Darius avait été très marqué par la guerre Iran-Irak. Comment deux pays si proches peuvent-ils se battre ? Une seule lettre permet de passer d'un État à un autre. La lettre de la discorde. Une lettre change et le monde est ébranlé. Une seule lettre sépare l'Iran de l'Irak comme une seule lettre sépare mûrir de mourir. Un seul signe fait basculer de la paix à la guerre.

Pendant qu'ils jouent, Aline écrit. Elle paraît immobile, mais sa recherche de précision est aussi bouillonnante qu'un accélérateur de particules. Ça grouille. On dirait que des milliers de fourmis s'agitent, qu'elles se mettent toutes au travail pour tisser la matière de son récit. Comme les personnages imaginaires dans le crématorium, les mots trépignent, supplient d'être employés. Aline ne bouge pas et se déploie. Elle irradie. Darius attend qu'elle lève la tête pour voir son visage transformé par le voyage qu'elle vient de faire. Ensuite, le retour au « réel » fait son œuvre, modifiant de nouveau les traits de sa compagne.

Darius connaît cette sensation, lorsqu'il danse et reproduit un geste jusqu'à se sentir précisément là, vivant, au bon endroit. Quel étonnement de constater que ce bon endroit donne accès à tant d'autres. Quelle joie de découvrir que tout mouvement crée une collision de laquelle découle une infinité de possibles. Un feu d'artifice dans l'univers. Il est autant ici qu'ailleurs, comme des milliers de reflets. Il existe en se diffractant.

Le mouvement de la danse lui permet de trouver une solitude créatrice auprès de laquelle il a longtemps erré avant de l'accueillir. Comme Aline : chacun a d'abord tourné autour de soi-même avant de se centrer. Chacun a dû se rassembler pour être rassemblés. Maintenant, ils cheminent ensemble.

Infinis

Le temps de faire des enfants, et le GPS remplace les cartes routières. La télé a laissé la place à un vidéoprojecteur. On s'échange les codes des plateformes de streaming. Les oreillettes sont remplacées par des AirPods témoignant d'une adhésion à la marche de la civilisation. Les applis sont devenues des *app*. On prononce *métavers*, *intelligence artificielle* et *en ligne* aussi facilement que *maison*, *météo* et *faire des courses*. Pour découvrir des morceaux, Darius s'en remet à l'algorithme de YouTube. Être dans la fleur de l'âge au nouveau millénaire, c'est se laisser porter par les pixels.

Darius et Aline, allongés au soleil, à la campagne, comme quand c'était les vacances à l'adolescence. Le soleil leur chauffe légèrement le visage, brûle les parcelles noires de leurs vêtements. Dès qu'un nuage passe, il fait soudain très froid. Un contraste qui les fait changer de dimension. Ils plissent les yeux, se tiennent la main. Si Darius ferme les yeux, il voit des taches de couleur dues au soleil. La chaleur, et puis la brise légère, l'impression qu'une bestiole grimpe sur sa peau. Un brin d'herbe plus sec transperce son tee-shirt, ça le gratte. Sensations intemporelles.

Cette scène évoque à Darius *Powers of Ten*, ce film de Charles et Ray Eames : les deux créateurs sont allongés pour un pique-nique, la caméra s'éloigne pour les situer dans l'infiniment grand puis replonge en eux pour explorer l'infiniment petit.

Jusqu'aux limites de ce que nous pouvons déceler car, bien entendu, des dimensions supplémentaires échapperaient à notre détection. Certaines d'entre elles sont repliées comme des coquilles d'escargot, il y a des cordes qui s'enroulent autour d'une dimension et celles qui se déplacent dans les dimensions. Les particules seraient des cordes vibrantes à différentes fréquences. La musique des cordes composerait l'univers.

D'après la théorie des cordes, très en vogue, comme en témoigne le rayon Nouveautés de la librairie, le tissu spatial pourrait donc avoir d'immenses dimensions mais également des plus petites, embobinées sur elles-mêmes comme pour en renfermer d'autres. Poupées russes de l'existence. La théorie des cordes est à la mode : pour Darius qui s'est régulièrement senti emmêlé, c'est une bénédiction !

Parmi ces dimensions entortillées, il y a l'espace de Calabi-Yau. Darius s'enthousiasme : « Calabi-Yau, c'est pas génial comme nom ? »

Aline éclate d'un rire indéfinissable, rempli d'affection.

Calabi-Yau est une forme extrêmement complexe constituée à elle seule de six dimensions. Darius irait bien, lui, dans l'espace de Calabi-Yau. Cela lui évoque un lieu magique et perdu, une sorte d'Eldorado. À l'instar de Michel Berger chantant qu'il ira dans le Paradis blanc, Darius murmure : « Un jour, j'irai dans le Calabi-Yau. » Aline rit de plus belle. Elle brille de mille feux. Quand elle rit, elle est Aline, mais aussi Charline et Judith envoyée des dieux. Mais elle ne tourmente pas notre héros, elle l'apaise.

Les particules de matière et les interactions fondamentales autres que la gravitation ne sont autorisées à se déplacer qu'à l'intérieur d'une certaine dimension (ou chose faite de plusieurs dimensions), appelée brane. Seule la gravitation a la possibilité de se déplacer dans l'espace-temps complet, c'est-à-dire de traverser les branes. « On pourrait sûrement aller de brane en brane, ça doit être fou... », rêve Aline à qui une image de Tarzan allant de liane en liane apparaît. « Et créer des espaces... mais comment ? »

Et tandis qu'ils poursuivent leur discussion, étendus sur l'herbe, Darius se dit que c'est grâce au graviton qu'il franchirait les membranes. Il s'imagine enfourcher un graviton et partir à l'exploration du Calabi-Yau. Il ne sait pas pourquoi, mais il se voit avec la coiffe d'un Indien des plaines, sur une musique de western. Il galoperait sur son graviton en faisant tournoyer des cordes dans les airs. Un Indien, mais avec des bottes de cow-boy.

Le graviton, sorte de présence quantique au monde, au carrefour de toutes les réalités. Être présent, c'est être là où tout est possible, au point de jonction de l'infiniment grand et de l'infiniment petit. Tout compte fait, déduit Darius, chacun est au cœur de l'infini.

À ce moment précis, Darius tient la main d'Aline. Cette main qui écrit, la sienne qui danse. Il lèverait bien leurs mains, là, pour danser et l'embarquer dans un soulèvement commun. Par les mouvements de son corps, Darius rejoint le tracé des mots de sa compagne. Leurs corps amoureux créent un dialogue, le monde se forge par leur langage. Puisque la danse du corps de Darius se relie à la danse des mots d'Aline, ils sont corps et graphie. Mouhahaha. Blague de daron.

Rayonnement

Dans la librairie, Simon, Sonia, Aline et Darius déplacent ou recouvrent les rayonnages. Les enfants contribuent à l'installation en empilant des poufs et des coussins. On fête les quinze ans du lieu. Il y a quinze ans, Darius a acté qu'il ne serait pas un danseur professionnel. Aujourd'hui, il réunit quelques élèves du Centre pour l'événement. Ils vont danser sur *Dirge* de Death in Vegas.

Les élèves arrivent, le trac monte. Darius a eu l'idée d'inventer la chorégraphie en jouant des rayonnages, ils danseront en apparaissant et disparaissant parmi eux. « Un hommage à toi-même », le charrie Simon. Les élèves aident à déplacer ce qui peut encore l'être. Ils poussent l'étagère Sciences, « ah non, celle-là, on la laisse », ordonne Darius.

L'intérêt du public pour cette discipline est grandissant, ce qui réjouit Darius, qui dévore les ouvrages de vulgarisation scientifique et se gorge de podcasts ou de conférences sur le Net. Le voilà qui nage au milieu des termes qu'il n'aurait jamais cru comprendre. D'ailleurs, il ne les comprend pas vraiment. Mais ce n'est pas grave. Ça déclenche chez lui une excitation folle. Une décharge, une impulsion, un shoot. Il lit : « La loi de l'entier. La loi de l'entier ! Aline, écoute, c'est génial ! Je te lis : l'holonomie tend à déterminer l'information du global à partir du local, il s'agit d'essayer d'acquérir la connaissance du tout par les détails. » Darius est hystérique. Il aimerait être un savant fou en blouse blanche que tout le monde écouterait immédiatement. Il donnerait une conférence internationale sur-le-champ : « N'est-ce pas un insecte qui détraque le système dans *Brazil* ? N'est-ce pas un grain de sable qui ébranle des rouages trop bien huilés ? On ne peut pas tout lisser, si on oublie les détails, les portent se referment. » La petite plante fissure le béton. Cette végétation emprunte un passage extrêmement mince pour exister.

En poursuivant son exploration, Darius lit que si l'antimatière n'est pas isolée par des champs magnétiques dans notre environnement, elle a une durée de vie très courte, car elle rencontre très rapidement la matière, c'est-à-dire des particules dont la charge électrique est opposée, et elle s'annihile aussitôt. Il faudrait dégager un champ magnétique suffisant pour permettre de prolonger cet espace infime, ce « moment », ce qui est totalement vertigineux. Ces passages entre les mondes – qui sont aussi un monde – ne peuvent être perçus que dans l'infiniment petit. Plus on va vers le cœur, plus on ouvre et on laisse passer la lumière. Ce lien entre le champ magnétique et le rayonnement lumineux s'appelle l'effet Zeeman. Darius entend *The Man* et, par extension, dans un égo-trip extraordinaire, *The Man*, c'est-à-dire lui. Le lien entre le champ magnétique et le rayonnement, c'est lui. Au cœur de la création, de la modulation, de la genèse ! Alors il reprend sa conférence intérieure : « Et plus il y a de fissures, plus la lumière peut circuler ! » Bon, là, il repense à un poster dans les vestiaires du Centre : un soleil orange brille derrière un vase fissuré et il est inscrit « Heureux sont les fêlés car ils laissent entrer la lumière ». Mais il ne se laisse pas démonter par ce kitsch bienveillant. Il n'a pas le temps, car le public s'installe déjà dans la librairie.

Darius ne s'apprête pas à donner une conférence scientifique, mais à danser.

Les premières mesures de *Dirge* s'échappent de l'enceinte connectée à l'ordinateur de la librairie. Le son est un peu métallique, déplore Darius, mais cela est sans importance. Déhanchés, ronds de jambe parfaits, équilibres, Darius au milieu de ses élèves danse parmi les livres, sous le regard enthousiaste des clients.

Il soulève l'air, déplace l'énergie, adoucit les mouvements, apaise les tensions. Il délie les pelotes de sa vie. S'il sectionnait simplement ces fils, il mourrait. Il a vu Gilbert, ou Charline, couper au lieu de dénouer. Des fils cisaillés brutalement deviennent des branches mortes. Grâce à la danse, Darius peut délier et former les boutures d'une nouvelle existence. Il sent la sève excitante du potentiel se propager. Elle n'est plus un frein, mais un carburant. Ce n'est plus douloureux comme quelques années auparavant dans la salle déserte du Centre. C'est doux et apaisé. Maintenant, il sent qu'il peut explorer son monde d'entre les mondes, les interstices, façonner l'espace et laisser la distance nécessaire pour que quelque chose émerge.

Il n'est plus question de consigner immédiatement ce qu'il a vécu.

Il n'est plus question de se dire qu'il pourrait être ailleurs à faire autre chose.

Darius décide de vivre sa vie sans être dans le comment ça sera perçu quand on le racontera. Il montera ses chorégraphies à la lumière des projecteurs du Centre ou d'ailleurs. Cette décision l'émeut subitement. Elle lui procure un tel enthousiasme qu'il voudrait le crier, là, à travers la librairie. Il voudrait partager tout de suite sa prise de conscience irréversible, ce moment décisif de sa vie où il ne reviendra plus en arrière parce que ça y est, c'est en lui. Bien sûr, il garde ça pour lui et poursuit sa chorégraphie. Mais à l'intérieur, ce n'est plus tout à fait pareil.

Se mouvant entre les rayons, Darius passe de l'état de plantounette à celui d'un arbre dont l'élan vital le fait grandir entre les pierres. Darius, *The Man*, brille. Il entre dans cette catégorie de personnes dont on dira à son enterrement qu'il était lumineux, avec une aura particulière.

Grand, c'est maintenant

Normalement, ici, le héros réussit : c'est là que Darius doit être contacté miraculeusement par un chorégraphe et qu'on lui offre la possibilité de connaître le succès. Son talent est enfin reconnu parce qu'il est le héros d'une histoire. Mais à vrai dire, ça ne se passe pas comme ça.

Ça n'arrivera pas mais, spoiler : Darius sera heureux et aligné quand même.

Quelques jours avant l'enterrement de Gilbert, le soir des grandes vacances très exactement, Aline et lui ont montré *Rocky* à leurs enfants qui se sont endormis au premier tiers, déçus de ne pas voir un film de super-héros. En plus, la qualité du DVD rendait l'image très pixellisée. Ils auraient mieux fait de le prendre en VOD, mais c'est rageant tout de même, souligne Aline, qu'à chaque évolution technologique, il faille repayer ce que l'on a déjà. Toujours est-il qu'après deux tiers de film sur la lose totale, Rocky se sort de sa galère. Parce qu'il n'a jamais cessé d'être en mouvement, il n'a jamais cessé de boxer comme Darius n'a jamais cessé de danser, peu importe le cadre, l'endroit.

Lorsqu'il doit affronter le champion du monde, Rocky formule qu'il ne pourra pas le battre. À vrai dire, il ne veut pas gagner le match, il veut juste ne pas tomber. Voilà son propre challenge, du moins pour commencer. Et réussir à tenir debout pendant tout l'affrontement est une plus grande réussite que de battre ce champion. Les yeux rivés sur l'écran, Darius a comme une révélation : redéfinir ses objectifs en directions. Prendre pleinement sa responsabilité.

Tandis que le scénariste n'en finit pas d'évoquer ses rencontres institutionnelles dans lesquelles il occupait une place privilégiée auprès de Gilbert, il pleut toujours et Darius a le temps de repenser à une lettre de Judith. C'était vers la fin de leur correspondance, vers la fin du dernier millénaire, avant qu'elle ne parte vivre en Nouvelle-Zélande. Elle avait joint une photo d'elle : sublime, elle fixait l'objectif de son regard profond et soucieux qui contrastait avec l'éclat flamboyant de sa chevelure. Elle répondait aux angoisses que Darius avait formulées : « Je ne me sens à ma place nulle part, je ne sers à rien et personne ne peut rien pour moi. » Judith avait argumenté que la plainte paralysait et enlisait dans l'inaction. Elle avait écrit : « On ne peut pas se lamenter et ne rien faire pour que ça bouge. Nous avons en nous les ressources individuelles et collectives pour que le monde soit en équilibre et en harmonie. C'est la responsabilité de chacun d'y contribuer. » Au dos de la photo, elle avait recopié une citation sans en fournir la source : *Sur le plan collectif, une société qui n'engendrerait pas de nouvelles formes d'organisation signerait son propre arrêt de mort.*

Que fait-elle en Nouvelle-Zélande ? Y est-elle toujours ? Darius l'imagine tantôt zadiste anarchiste dans les prémices d'un monde où s'enchevêtrent la nature et les nouvelles technologies, tantôt gourou d'une espèce de groupe ayant pour vocation de propager la paix à l'aide de perles, de coquillages, de poneys et de peintures ethniques. Comment contribue-t-elle à cette harmonie qu'elle prônait ? Darius espère qu'elle y croit encore.

Ils ne se cherchent pas sur les réseaux sociaux. Depuis Internet et les téléphones portables, ils se sont perdus de vue. Leur relation était chimique.

La pluie diminue, comme un effet pour que le scénariste s'auto-cite : « Vieillir, c'est s'éloigner de son époque, comme on s'éloigne du rivage. » Aline et Darius étouffent un fou rire. Mais au fond, cette phrase hante Darius, comme toute analogie symbolico-poétique qui aurait pu être affichée dans une des salles du Centre. Il quitte le rivage du discours et s'accroche aux mots comme un naufragé à un radeau. Il y grimpe et s'en empare pour le diriger. S'éloigne-t-on vraiment de son époque ? Qu'est-ce que ça veut dire ? Le scénariste semble dépassé par une époque qu'il ne comprend pas et qui ne voudrait plus de lui. Il oublie que moins âgé, il a sans doute lui aussi poussé des gens loin du rivage ou refusé de les secourir.

Darius sent la panique monter : est-ce donc ce que le sort lui réserve en vieillissant ? Se déconnecter du monde, devenir un has been ?

Que faire de cette sève qui monte à nouveau ? Une éruption volcanique interne dont il ne restera que des cendres à l'intérieur de son être. Des images viennent à Darius : celle des habitants de Pompéi figés dans le temps, hologrammes de cendres pour l'éternité. La rémanence des victimes de la bombe atomique, coincées dans un espace-temps incompréhensible. Les personnages de

L'Invention de Morel, dont l'impression photographique demeure à jamais.

« Non, lâche intérieurement Darius, on s'éloigne des côtes pour un ailleurs qui en vaut la peine parce qu'il est plein de sagesse. Oh, là, là, monologue-t-il en sourdine, on dirait un truc dans un livre à la con. » Aline lui souffle de marmonner moins fort. Nouveau fou rire comprimé.

Pourquoi toujours associer le passage du temps à la destruction ? Darius a plutôt la sensation qu'en vieillissant, on s'ancre, ce qui est tout de même un comble pour un navire qui s'éloigne du rivage. Peut-être que l'on peut percevoir ce qui nous échappait auparavant, on peut toujours questionner, nager dans les profondeurs aux côtés de nos créatures mythologiques qui possèdent les clés des autres dimensions. Vieillir, c'est plonger au cœur de soi pour relier et se situer, écrirait Darius sur un poster qu'il accrocherait au Centre. Bien sûr qu'il faut vieillir : pour faire le lien entre les époques, entre les êtres, entre la mémoire et l'oubli.

Darius a l'impression d'être arrivé au sommet d'une montagne après une longue excursion. Et maintenant ? Un sursaut d'antan : comment voir un futur quand on a l'impression de devoir redescendre ? Alors c'est ça, la quarantaine ? La *middle life crisis* ? Où est le diablotin ? Il regarde la vue. C'est probablement un col, il y aura d'autres passages, d'autres chemins.

Et viou ! Se lancer du haut des montagnes russes, du grand huit de l'existence, en plein dans la vie. Le voilà grand, adulte, différemment des fois précédentes, et il se sent encore plus proche de cet enfant qui criait : « Alors, c'est pour quand ? » Il le prend par la main : c'est pour maintenant. Ça ne prend pas tout à fait la forme que nous imaginions, mais tu vas voir comme c'est agréable de se laisser surprendre. Ils ont un peu peur tous les deux, mais c'est excitant. Darius adulte et enfant rassemblent leurs souvenirs et leurs rêves éparpillés çà et là. Ils recueillent et réunissent.

Réconcilié avec le temps, Darius sait qu'il laissera des traces qui ne se dessinent pas à l'encre de la reconnaissance matérielle, sociale et médiatique telle qu'elle était présentée dans son enfance. Et enfin, il peut vivre sans avoir peur de mourir.

Apaisé, Darius respire tranquillement, là, au milieu du crématorium. « Je voudrais poursuivre notre discussion du Calabi-Yau, lui murmure Aline. Le temps pourrait continuer au-delà de la limite où, d'après la relativité générale, il doit s'achever. Il s'écoulerait vers une autre région de l'espace-temps fraîchement créée. L'information ne serait donc pas perdue, elle irait vers une région nouvelle de l'espace-temps. D'après certains calculs, l'intérieur d'un trou noir est ce que l'on appelle un "rebond spatio-temporel". » Darius la fixe, pantois. Ils réfrènent un nouveau rire parce qu'elle a dit « rebond spatio-temporel » un peu trop fort, au point de se faire retourner quelques personnes dans le cimetière. « Si j'ai bien compris, reprend Aline en chuchotant, les ondes gravitationnelles ne seraient pas arrêtées par la matière, c'est pour ça qu'elles circuleraient dans le vide. »

« Le graviton », lâche Darius, tout bas, comme dans un film. Le graviton, particule du vide, du lien et de l'éparpillement de nos mémoires.

Le crématorium se vide. Tout le monde sort après avoir lancé un dernier regard à Gilbert dans son cercueil. Ils s'en vont. La pièce est déserte et les chaises sont encore imprégnées de leur présence. Image persistante révélée par le vide. Où vont-ils, maintenant, tous les personnages de cette histoire ?

« Un ouvrage meurt d'être achevé. »

Paul Valéry

Vous avez glissé dans les interstices. Dans cette substance qui remplit les espaces.

Le récit a déposé des particules sur vous, ce livre en est chargé, vous vous en souviendrez, puis un peu moins. Peut-être cela resurgira-t-il au détour d'une conversation, d'un rêve. Peut-être retomberez-vous sur ce livre en faisant du tri. Ou lorsque quelqu'un à qui vous l'avez prêté vous le rendra des années plus tard : « Oh, pardon, j'ai traîné… » Ou à l'inverse, vous allez le tendre à une autre personne. Vos projections se rencontreront quelque part. Vous serez, ne serait-ce qu'un tout petit peu, reliés par les mots qu'il contient et ce qui vibre entre les lignes.

L'histoire se poursuit quelque part. Vous refermez ce livre et ce n'est pas fini.

La playlist

Led Zeppelin, "Stairway to Heaven", *Led Zeppelin IV* (1971).
The Cranberries, "Zombie", *No Need To Argue* (1994).
Funkadelic, "Maggot Brain", *Maggot Brain* (1971).
The Smashing Pumpkins, "Disarm", *Siamese Dream* (1993).
Pink Floyd, "The Final Cut", *The Final Cut* (1983).
Claude Nougaro, "Armstrong", *Bidonville* (1966).
Led Zeppelin, "Kashmir", *Physical Graffiti* (1975).
Franck Zappa, "Peaches En Regalia", *Hot Rats* (1969).
Metallica, *Black Album* (1991).
The Troublemakers, "Get Misunderstood", *Doubts & Convictions* (2001).
Dee Dee Bridgewater, "My Prayer", *Dee Dee Bridgewater* (1976).
Jefferson Airplane, "White Rabbit", *Surrealistic Pillow* (1967).
The Moody Blues, "Nights in White Satin", *Nights in White Satin (Live)* (1967).
The Velvet Underground, "Heroin", *The Velvet Underground and Nico* (1967).

Ella Fitzgerald et Louis Armstrong, “Can't We Be Friends”, *Ella and Louis* (1956).
Erroll Garner, *Concert By The Sea* (1955).
Yves Montand, “Les Enfants qui s'aiment”, *Yves Montand chante Jacques Prévert* (1962).
David Bowie, “Rock'n' Roll Suicide”, *The Rise and Fall of Ziggy Stardust and the Spiders from Mars* (1972).
Tunng, “Bullets”, *Good Arrows* (2007).
Heavy Cross, “Gossip”, *Music for Men* (2009).
Amy Winehouse, *Back to Black*, Back to Black (2006).
Neil Young, “Old Man”, *Harvest* (1972).
Iggy Pop, “The Passenger”, *Lust for Life* (1977).
Keith Jarrett, *The Köln Concert* (1975).
Michel Berger, “Seras-tu là ?”, *Que l'amour est bizarre* (1975).
Françoise Hardy, “Message personnel”, *Message personnel* (1973).
Daniel Balavoine, “SOS d'un terrien en détresse”, *Starmania* (1979).
Mozart, *Requiem* (1791).
George Gershwin, *Rhapsody in Blue* (1924).
Georges Brassens, “Quatre-vingt-quinze pour cent”, *Fernande* (1972).
Death in Vegas, “Dirge”, *The Contino Sessions* (1999).

*

Faites-vous plaisir, repassez-vous des Doors, du Nine Inch Nails, le générique des Enfoirés et l'*Unplugged* de Nirvana. Et, bien sûr, l'album *Dummy* de Portishead, qu'on a appelé des années *Parking* à cause de la pochette.

Remerciements

Merci à Olivier Garouste, Caroline Torelli pour leur soutien, leur bienveillance et leurs encouragements.

Merci à Anne-Charlotte et Vincent Barthelemy pour leur regard et leur partage.

À Camille Paulian pour son soutien et ses conseils.

Et merci à Chloé Defours et Vincent Bernet pour leur ouverture et leur écoute, et à Guisane pour m'avoir accompagnée dans la persévérance.

Table des matières

Alain – L'adolescence 15
Petit Darry 17
Les dieux de l'Olympe 21
Interstices 29
Viou 37
La deuxième première fois 44
Hommages 47
Conseils pour se fabriquer des souvenirs 53
La mort 61
Black Album 64
La théorie des doublons 67
Les halls d'immeuble 72
Grandir à la bonne place 78
Alexis 84
Commentaire de texte 97
Moi, à ton âge 105
Devenir adulte à l'ère du numérique 109
La proposition 117

Charline – L'âge adulte 121
Hollywood Stories 123
Ergonomie d'une vie réussie 132

« Désir ou amour, tu le sauras un jour… » Ou pas. 139
L'onde du désir 144
Tenues 149
Les eaux profondes 154
Silences 160
Les eaux encore plus profondes 163
Les plis du ventre 170
Les juges suprêmes omniprésents 177
Too much Magazine 181
Le phénomène du fantôme de chat 187
Aline (Pour qu'elle vienne) 191
James Bond 194
« Vous avez un nouveau souvenir » 197
Blagues de darons 204
Le millefeuille du temps 207
À quel moment? 214
Les familiers 218
Raconte l'histoire 224

GILBERT – L'APRÈS 231
Seras-tu là? 233
Le tapis roulant de l'existence 237
Jamais deux sans trois (Au-delà des doublons) 241
Occupations 246
Le vol d'anecdote 251
Préoccupations 253
Le déluge 261
Scrabble 264
Infinis 267
Rayonnement 272
Grand, c'est maintenant 277

Composition et mise en page : Thomas Ragage

Dépôt légal : mai 2023
N° d'édition : 00251

Achevé d'imprimer en avril 2023 par Corlet Imprimeur - 14110 Condé-en-Normandie
N° d'imprimeur : 23040334 - Imprimé en France